傷痕に愛の弾丸

LOVE's Scar & Bullet

バーバラ片桐

BARBARA KATAGIRI presents

JN263634

KAIOHSHA ガッシュ文庫

イラスト★高座朗

CONTENTS

★本作品の内容はすべてフィクションです。
実在の人物・地名・団体・事件などとは一切関係ありません。

〔一〕

待ち合わせの時間には、必ず遅れて出かけろ。

それが矢坂《やさか》アサトがホストになってから、オーナーに教えこまれた秘訣《ひけつ》の一つだった。

他にも、オーナーに教えられたことは山ほどある。そうでなければ、少し前までカタギの商社に勤めていた矢坂が、まがりなりにも売れっ子ホストと言われる存在になることなど不可能だったことだろう。

それでもいつもの癖で時間より少し早めに到着してしまった矢坂は、女と待ち合わせた場所にほど近いベンチで時間を潰すことにした。

新宿歌舞伎町《しんじゅくかぶきちょう》。シネシティ広場。

旧コマ劇場前のその場所には、今日も大勢の人が行き来している。

ホストクラブがオープンする午後七時少し前だ。道ゆく男女がやたらと同伴《どうはん》に見えた。

映画館や飲食店へと流れていく大勢の人の流れを眺めながら、矢坂は広場から少し離れたベンチにふんぞり返って長い足を高々と組んだ。

それは、いかにも歌舞伎町に似合いの姿だ。脱色した長めの髪からのぞく耳朶《じだ》には血のようなルビーのピアスが輝き、光沢《こうたく》のあるホスト風の黒服を身につけている。筋肉質な身体のラインを際だたせるようなぴったりとしたパンツに、ダークグレーのシャツ。それに甘いピンクのネクタイを緩く結び、指には客から送られた指輪を幾重《いくえ》にもはめていた。

矢坂の顔立ちはあくまでも端整で美しく、切れ長の瞳がどこか甘く官能的だと言われることがあった。目に力があり、少し強引にされると逆らえなくなるそうだ。

矢坂は指に煙草《たばこ》を挟みこみ、客からもらったゴールドのライターで火をつけた。肺の奥まで煙を吸いこみ、ため息とともに高く吐き出す。

気《け》だるさを全身にまとった自分が、この街にだんだんと適応しているのがわかった。丸《まる》の内《うち》のオフィス街から歌舞伎町に来てすぐのときには、驚きばかりが先に立った。自分がここでホストとして働くなんて、考えたこともなかった。

だが、ここに来て一年経《た》てば、道で酔っぱらいが大の字になって寝ていようが、ヤクザと男がケンカしていようが、眉《まゆ》一つ動かさずにその場を通り抜けることができる。

——締め日まであと一週間。ノルマ達成まで、あと二百万、か。

ホストクラブの今日の開店前のミーティングで、矢坂はオーナーから名指しでハッパをかけられていた。最初は月に百万がノルマだった。次は二百万で、その次は三百万、そして今はさらに多い。

オーナーは矢坂の成績を見ながら、いつでも達成できるかどうかギリギリのところを設定してくる。だがいくら稼いでも、矢坂の手に残るのは生活するのに最低限の金だけだ。他は全《すべ》てオーナーに吸い取られる。

——仕方がない。俺はオーナーに買われた身だからな。

多額の借金を返済するために、ホストクラブで働くこととなった。すでにかなりの金を稼ぎだしているとは思うのだが、その借金が減っているのか、いつまでここで働けばいいのか、まるで見当がつかない。ホストとして稼げる間はずっとここで飼い殺しにされるのかもしれないと思うと、暗澹《あんたん》たる気持ちになった。

だが、それが一度ヤクザに関わってしまったものの末路だ。借金で縛られ、納得ずくでホストになったのだから、思考を停止させて言われるがままに働くしかない。

——だけど、……ユミについては引っかかる。……女の金が尽きたり、結婚してくれなどと言い出したときは潮時《しおどき》だと判断して、ほっぽり出せとオーナーは今まで言ってきたのに。

ユミとは、今日待ち合わせをしている客だ。金をいっぱい使う客を太客《ふときゃく》と言うが、その中でもっとも金を使ってくれる客をエースと言う。ユミは矢坂のエースだ。この三ヶ月で一千万近い金を豪快《ごうかい》にばらまいてくれた。

そのあげく、結婚してくれ、と矢坂に迫ってくるのだ。

冗談だろ、とかわしたが、何度もしつこく迫られる。さすがに面倒になって数日前にオーナーに相談したら、その求婚を受けろと命じられて驚いた。

――何でだよ?

金を巻き上げるのはホストの仕事のうちだが、客の人生を変えるようなことはしたくない。だが、オーナーがそんなことを言い出した理由は何となくわかっていた。

ユミの家はとんでもない資産家だからだ。

日本有数のアパレルメーカーらしい。そこが事業拡大のために老舗《しにせ》デパートと組むこととなり、親の決めた相手と結婚させられそうになっているという状況らしい。

だが、その相手というのは見るに堪《た》えない不細工《ぶさいく》な男であり、あんな男と結婚するぐらいなら死んだほうがマシだとユミは放言していた。親に騙《だま》されてお見合いをさせられた日、ホテルを飛び出して振り袖《そで》姿で新宿を闊歩《かっぽ》していたユミは、客引きをしていた矢坂に呼び止められたときに一目惚《ひとめぼ》れしたのだと言う。

それが縁で店に通いつめるようになり、ユミは矢坂を運命の人と決めたそうだ。だがそれはあくまでもユミの一方的な思いこみでしかなく、矢坂のほうに恋愛感情はない。のぼせあがってもいるだろうが、おそらくは矢坂と入籍することで、親が決めた政略結婚相手から逃れたいという冷静な思惑《おもわく》もユミの中にはあるはずだ。

だからといって、利用されるわけにはいかない。

——まさか、オーナーは俺にユミと入籍することで実家の財産を巻き上げさせようとしてるんじゃないよな？　店であんなに、さんざん金を使わせてるのに。

オーナーは狡猾《こうかつ》だ。

求婚されてからというもの、徐々に距離を置こうとしている矢坂の思惑を阻止するように、ユミのツケを残される。締め日前となれば、矢坂はその回収のために、ユミを店に呼ばずにはいられなかった。

「……ふ……」

矢坂は煙とともに、深いため息を漏《も》らす。

オーナーのような男に目をつけられたら、厄介《やっかい》だ。

自分に関してなら自業自得《じごうじとく》と諦《あきら》めてもいるが、ユミまで巻きこみたくなかった。だが、ユミがかなりの資産家の娘と知っているオーナーは、簡単に諦めることはしないだろう。

だからこそ、どうにかユミを追い払おうとしてきた。

だが、冷ややかにあしらえばあしらうほど、ユミは逆に矢坂に対する執着を深める。かなりきつい言葉を浴びせかけたこともあったが、それでも懲《こ》りずに矢坂の元に通ってくる。客である限り、追い払うにも限度があった。店に来て指名されれば、対応せざるを得ない。

――ったく。面倒くせえ。俺なんてろくな人間じゃないんだから、とっとと諦めて、別の人間を捜してくれよ。

ホストとして色恋《いろこい》営業や枕《まくら》営業もしてきたが、矢坂にとって恋愛は単なる商売道具に過ぎない。心は女への不信感で凝り固まり、あの日からずっと本気で笑うことはできない。

魂の底から愛した相手に裏切られた絶望感が、冷たい氷と化して胸の奥に居座っていた。そうでなければ、愛情を秤にかけ、金銭に換えるようなホスト稼業は甘っちょろい自分では務まらなかったことだろう。

矢坂は二本目の煙草を灰にしてから、手首からのぞく金無垢《きんむく》のロレックスで時刻を確認した。待ち合わせの時間から二十分が過ぎている。そろそろ、いい頃合いだろう。

ベンチから立ち上がり、広場まで大勢の人々とすれ違いながら歩いていく。雑踏《ざっとう》の中でユミを探した。広場にベンチはなかったが、座るのにちょうどいい車止めにユミは腰掛けていた。

フェイクファーのピンクのコートに、膝丈《ひざたけ》のブーツ。二十そこそこの彼女は、いつでも若さが弾《はじ》けるような挑発的な格好をしていた。マイクロミニの裾《すそ》から、セクシーな太腿《ふともも》がすらりとのぞいている。

ナンパや風俗のスカウトがうるさいから、待ち合わせには絶対に遅れずに来てよと同伴を約束するたびに言われていたが、矢坂は時間を守ったことがない。それでもユミは誘えば必ず同伴を承諾するし、ナンパにも応じることもなく、矢坂を待ち続けているのだ。

だが、今日は様子が違っていた。

ユミの横に別の男が寄り添っていた。

高価そうなスーツが映《は》える、理想的な長身に広い肩幅を持つ、雰囲気のある男だった。スーツの上に、品の良さそうな茶の薄手のコートを重ねている。ユミのいる車止めには一人しか座れず、男はその前に立っていたから、矢坂のほうからよく見えた。

一瞬、ユミの親の会社の男かと思った。

この歌舞伎町よりも丸の内や日比谷《ひびや》のオフィス街が似合うようなエリートっぽさを、男は全身から漂わせている。

隙《すき》のない身なりに加えて、顔立ちの端整さが目についた。すぐにユミの親の会社の男ではないと思い直したのは、自分自身に対する揺るぎのない自信をその全身から読み取ったからだ。ユミに媚《こ》びているようなところはない。

だが、雰囲気はあくまでも柔らかく、女性に警戒心を抱かせないような人なつっこい笑顔を浮かべていた。それが、いかにも世慣れた雰囲気を感じさせる。今はにこにこしていたが、一皮剥《ひとかわむ》けばしたたかな素顔が浮かびあがってきそうに思える何かもある。二十代後半の矢坂よりも、いくつか年は上だろう。

——何だ、あいつは。

ユミの気をそらせないように、男は上手に会話をつないでいるらしい。

軽い人見知りがあり、初対面の男相手にはひどく冷ややかに接するユミが、その男にだけはすっかり安心しきったような笑顔を見せている。

少し前まで、どうしたらユミは別れてくれるだろうかと悩んでいたはずだったが、自分のものに手を出されたような対抗心がこみあげ、矢坂は二人の前に肩を割りこませた。

「こいつ、誰？」

遅れた詫《わ》びもせず、スーツのポケットに両手を突っこんでふんぞり返った姿で、矢坂は傲慢《ごうまん》にユミを見下ろした。

矢坂の登場にユミは一瞬だけバツが悪そうな顔を見せたが、すぐに小悪魔《こあくま》風の笑みを浮かべる。

見せつけるようにわざと男の腕に腕をからめた。

「小柳《こやなぎ》さん」

「知り合いか？」

矢坂の質問に、ユミは小柳のほうをチラッと見て、くすくす笑った。

その馴《な》れ合ったような雰囲気に、矢坂は苛立《いらだ》つ。だが、ユミの思惑はわかりきっていた。結婚に応じようとしない矢坂に他の男の存在を見せつけて、嫉妬《しっと》心を煽《あお》ろうとしているだけだろう。

「さっき会ったばかりだよ。アサトがなかなか来ないから、もう帰ろうかなって思ってたとこ。そしたら、小柳さんが話しかけてくれたんだよね」

「同伴に誘ってきたホストが、なかなか現れないと愚痴《ぐち》を聞かされていたところだ」

小柳は柔らかな口調で、勝手に割って入る。矢坂は肩を引き、ぶしつけな視線を小柳に浴びせかけた。

——つまり、ナンパってことか？

ナンパを鼻にも引っかけようとしなかったユミが、どうしてこの男にだけはここまで親密な態度を取るのか気になった。だがナンパだというのなら、遠慮することはない。

矢坂は小柳に、敵意のこもった眼差しを向けた。それなりに歌舞伎町で鍛えている。新人のガキなら即座に戦意を喪失させるほどの迫力はあるはずだったが、小柳は堂々とそのまなざしを受け止めた。

じろじろと無遠慮に眺めまわしていると、この男の奇跡のような造形がムカつくほどに目につく。

高い鼻梁《びりょう》に、まっすぐな眉。迫力のある双眸《そうぼう》。小柳の顔立ちは整いすぎていて、どこか非人間的にも見えるほどだった。そのくせ笑顔を浮かべれば愛嬌《あいきょう》が漂うのだから、ユミのようなメンクイの小娘の心を奪うことなど容易《たやす》いはずだ。

微笑みを返されて、矢坂は腹の底に怒りがこみあげてくるのを感じた。男としての勝負を挑まれているような気分になり、表情が引き締まる。

そんな矢坂の横で、ユミが気を持たせるようにつぶやいた。

「どうしようかな。今日は、小柳さんと一緒に飲みに行こうかな。誘われたんだけど」

その言葉が耳に飛びこんできた途端、矢坂の頭の中でブチンと何かが切れた。

矢坂はユミに一瞥《いちべつ》をくれ、冷ややかに言ってのけた。

「だったら、そうしろ。小柳さんに遊んでもらえ」

そのまま背を向け、店に向かって歩く。

別れさせる面倒がなくなって、楽になった。

ユミを今日、同伴に誘ったのはツケが残っていたからだ。締め日までにキチンと回収し、なおかつ今日、たっぷり使ってもらえなければ売上目標を達成することができない。

そのように頭の中では計算ができてはいたが、ユミよりも小柳の存在に腹が立つ。自分よりも明らかに上質の男。安っぽいホストの衣装に身を包んでいるのとは違って、金と余裕を感じさせる男のほうに女が惹《ひ》かれるのは当然だ。今の自分の薄っぺらさには自覚があった。だからこそ、小柳の眼差しがいつまでも網膜に残り、矢坂のなけなしのプライドを刺激してならない。

——あの野郎……!

今の自分に自信がないからこそ、ユミに小柳と比べられるようなことをされると、苛つくのだ。

早足でずんずん進んでいると、その腕が不意に背後からグイと引かれた。振り返ると、ユミだ。息を切らしながら、抱きこんだ腕に体重をかけてくる。

「もう、……待ってよ、アサト……!」

ユミが小柳ではなく自分を選んだとわかった途端、すさみかけていた心が少しだけ落ち着いた。

だが矢坂は表情を引き締め、冷ややかに言った。

「ナンパ男相手に、デレデレするな」

それはホストとしての計算ずくのセリフだったが、ユミは嫉妬心からとでも勘違いしたらしい。まんざらでもないような笑みを浮かべて、矢坂の腕をしっかりと抱き直してくる。

だが、わざとらしく手にした名刺を見せられた。

「……いい男だったね、小柳さん。今日はここで飲んでるから、後で来てって誘われたんだけど」

矢坂の眼差しが、また険《けわ》しくなった。

目の前でヒラヒラされた名刺を奪って眺めると、矢坂の勤めるホストクラブにほど近い、ショットバーのものだ。目立つ外装の店だから、待ち合わせによく使われている。そこに手書きで書き添えられた携帯電話の番号は小柳のものだろう。

矢坂はそれを確認するなり、二つに引き裂いた。

「っあー！」

「ユミは俺より、あんな男のほうが大切なのか」

そんなふうに理由をつけてみたが、単に小柳のことが気に食わなかったに過ぎない。

矢坂はその名刺をさらに幾重《いくえ》にも千切《ちぎ》ってから、路上にあったゴミ箱に叩《たた》きこんだ。ユミはその態度がまたもや自分への嫉妬からだと誤解したらしく、矢坂の肩に甘えるようにべったりと身体を押しつけてくる。

「だって、結婚してってってユミが頼んでるのに、アサトはまともに返事してくれないんだもん」

——だからって、結婚できるか。

矢坂の心も知らずに、ユミは呑気《のんき》に言葉を重ねた。

「小柳さんに走っちゃおうかな。あの人なら、すっごいハンサムだし、優しいし、独身だって。結婚してもいいかも。大企業のロンドン駐在員で、今、たまたま日本に来てるんだって」

今の政略結婚相手から逃れるためなら、相手は矢坂でなくてもいいとユミは考えているのかもしれない。

今時政略結婚などあるのかと矢坂は懐疑《かいぎ》的だったが、世慣れたオーナーに言わせると、そのようなことはザラにあるそうだ。銀行と取引先の企業との縁組みや政財界の結びつきによって、大手企業の社長夫人には縁のある企業の娘が収まることが多いのだと言っていた。

「小柳さんと結婚したら、ユミ、ロンドン生活だよ。ロンドンなら行ってもいいかな。もしかしたら、小柳さんと一ヶ月以内に電撃結婚とか」

「ロンドン駐在員なんて、いかにもうさんくさいだろうが」

矢坂は脳裏に浮かびあがる小柳の顔に、不機嫌に眉を寄せた。

「付き合うのなら、その前にちゃんと名刺や身分証を見せてもらえよ。身なりはよかったが、適当なことを並べ立てて金を巻き上げようとする詐欺師かもしれない」

「バッカじゃないの。付き合う前に名刺とか、身分証とか確認なんてすると思う？　名刺とか見せてもらわなくっても、小柳さんはすっごくいい人だよ。アサトより、絶対優しい。わかったもん」

当てこするような言葉に押し黙ると、ユミは積もり積もっていたらしい鬱憤《うっぷん》を堰が切れたようにぶつけてきた。

「考えてみれば、アサトは全然、ユミのこと可愛《かわい》いって言ってくれないし！　髪型変えても、メイク変えても、何も言ってくれない。全然、ユミのこと見てない。単なる金づるだと思ってるよね……！」

本心を言い当てられて、矢坂は短く告げた。

「……少し黙れよ」

ユミの表情が固まる。

からめた腕は離されなかったが、それから店につくまでユミとは険悪《けんあく》なムードだった。

＊

――ん？

客を送るために店の入り口の外まで出た矢坂は、その帰りにフロアを見回して、ユミの姿が消えているのに気づいた。

「ユミは？」

矢坂は内勤のウエイターを捕まえて尋ねる。

ユミとは同伴で来たが、矢坂の不注意な一言で本格的に機嫌を損ねたらしく、ぶすっとしたままだった。

こんな状態では何を言っても無駄だと判断した矢坂は、ヘルプも付けず客席に放置しておいたのだ。

もちろんいつまでもそのままにしておくつもりはなく、頭が冷えた頃合いを見計らってテーブルに戻り、さんざんおだててドンペリでも開けてもらうつもりだった。

だが、ユミがいないとなるとその計算が一から狂う。

「さきほど、お帰りになりました」

その言葉に、矢坂はきつくウエイターをにらみつけた。

「どうして俺を呼ばない」

慌《あわ》てて彼は弁解した。

「いきなり、すごい勢いで出ていかれたものですから。慌てて、アサトさんを呼ぶと言ったんですけど、俺を突き飛ばすようにして強引に」

——マズったな……。

ユミがここまで怒った理由は思いあたる。

さきほど、矢坂は久しぶりにやってきた女性客を抱擁《ほうよう》するようにして席に案内していた。それを見て、放置されていたユミは逆上したのだろう。

普通の客だったら、このまま放っておくのが矢坂のやり方だったが、ユミはエースだった。未回収の金額も多い。ツケはホストにかぶせられるが、ただでさえ多額の借金を負った矢坂の不始末を、オーナーが許してくれるはずもない。

以前、多額のツケを残したまま、客に逃げられたホストがいた。そのときには、オーナーから足腰が立たなくなるぐらい殴られた上に、回収するまで戻ってくるなと店から叩き出されたのだ。

ここの店のホストはみな訳ありで、オーナーには誰一人頭が上がらない。売上げが伸ばせず、毎日のようにオーナーにいたぶられるのに耐えかねて、途中で行方不明になるやつもいたが、暴力団の力を借りて探し出されるらしい。半死半生《はんしはんしょう》で店に連れ戻され、性根《しょうね》を叩き直されて一からやり直すか、もしくは店からいなくなる。消えたやつらがどうなったのか誰も知らなかったが、多額の借金を返すために別のところに売り飛ばされたという噂が、まことしやかに店のスタッフの中では流れていた。どのみち、まともな末路は辿《たど》っていないだろう。

——とにかく、ユミを迎えに行かないとマズい。

ユミはおそらく、ナンパしてきた小柳に渡された名刺の、あのショットバーにいるのではないかと目星はついていた。そこで小柳を捜し、いなかったら一人で飲んで、矢坂が連れ戻しに来るのを待っているのだ。

——全く。

女の面倒を見るのは大変だ。

それでも仕事と割り切ることにして店長の許可を取り、矢坂は店から出た。今日はユミをおだてて金を使ってもらうつもりで担当客をほとんど呼んでいなかったから、席を外してもあまり問題はなさそうだった。

矢坂はスーツのまま財布と携帯だけをポケットにねじこんで、そのショットバーに向かって歩いていく。

アメリカの禁酒法時代の地下酒場を真似《まね》た内装の店に入りこむと、ユミの色っぽい後ろ姿はすぐに目についた。カウンターに座っている。だが、その横にはちゃっかり小柳がいた。

　むかっと、矢坂の中で感情が動く。

　何だか、小柳がいるだけで自分が戦闘的になっていくのがわかる。目の敵《かたき》にしてしまう。自分よりもいい男だと、心のどこかで認めているからかもしれない。だが、この男にだけは負けたくない。

　無言で近づくと、小柳が矢坂に気づいて目を向けてきた。コートを脱いでいたから、なおさらそのスーツの仕立ての良さと、ネクタイの趣味の良さが際だつ。ロンドン駐在の大企業の社員というのは、なまじっか嘘ではないのかもしれない。垢《あか》抜《ぬ》けた品の良さが感じられた。

　小柳を無視して、矢坂はユミの横に身体を割りこませる。

　かなり酔っているらしいユミの耳元で、少し強い口調で言った。

「ユミ。迎えに来た。帰るぞ」

「……ン。…何？　…アサト……？　嫌だぁ。……帰らない」

　ろれつの回らない甘い声で、そう言い返してくる。ユミの手元にあったのは、バーボンの入ったショットグラスだった。こんなにできあがっているということは、ホストクラブで矢坂を待っていた時分からかなり飲んでいたのだろう。

小柳がユミ越しに矢坂に言ってきた。

「ユミちゃんは俺と、ずっと一緒にいるって。結婚してって、今、口説《くど》かれてる」

「ユミ。帰るから」

矢坂は小柳を無視して、ユミの腕をつかんでスツールから立たせようとした。だが、従おうとはしない。

「やだぁ！　ここで飲むんだから……！」

なだめようとしても酩酊《めいてい》しているユミは意固地《いこじ》になるばかりで、暴れて声を張り上げる。こうなってしまっては、無理やり店から連れ出すわけにはいかなかった。

小柳が困惑しきった矢坂を見て、楽しむように笑った。

「まぁ、座ったら？」

その言葉に従いたくはなかったが、矢坂は仕方なくユミを挟んだ反対側にあるスツールに座った。

ここでしばらくユミの酔いが醒《さ》めるまで付き合うしかないだろう。矢坂は携帯で店に短いメールを打ってから、バーテンに酒を注文した。

「水割り」

「水割り?」

その声を聞きつけた小柳が、挑発するように繰り返す。

小柳の手に握られているのは、丸く削られた氷の入ったバーボングラスだった。ユミが飲んでいるのと同じものだ。ユミは小柳の肩にしがみつき、べったりと顔を寄せた。

「ユミは、……お酒に強い人のほうが好き……」

そんなふうに言われたら、強い酒を頼まないわけにはいかないだろう。もともと矢坂は酒量に自信があるほうだったし、小柳に負けるとは思えない。

自分を挑発した小柳に逆に恥をかかせてやるつもりで、酒を作ろうとしていたバーテンに注文を修正した。

「水割りはやめて、バーボン。ダブルで」

それが手元に届くなり、一気にあおる。それを見て、小柳もグラスに残ったバーボンを飲み干した。

同時にグラスがカウンターに突き出され、小柳が言った。

「バーボン、ダブルで。彼にも」

酒が準備されるまでの間に、ユミが声を張り上げた。

「今日、勝ったほうとユミは付き合う……!」

酒量を競うなんて、酒を覚えたばかりのガキのようだ。

そうは思ったが、売られたケンカは買わずにはいられない。相手が小柳ならなおさらだ。

矢坂は目の前に新しく置かれたバーボンを、また一気にのどに送りこんだ。

記憶があったのは、十杯目までだった。

*

ここまで酩酊するのは、久しぶりだった。

ホストクラブに来てすぐのころは、何十万もするような高級酒をボトルごと飲まされるような無茶《むちゃ》もさせられたが、さすがに最近はそのようなことはない。

浮遊感で身体が支えられず、どっちが上でどっちが下なのかすらハッキリとしなかった。どうにか自分がタクシーの中にいるのだけはわかったが、心地よい振動に意識が途切れ、次に気づいたのは誰かに背負われて運ばれているころだった。

悪い、と言おうとした。店で酔いつぶれて、同僚に世話をされているのだろう。顔を埋《うず》めた誰かの背から、とてもいい匂いがした。男のつけるコロンの匂いだ。

男の背はとても広くて、頼りがいがあった。矢坂は長身で、それなりに重みがある。なのに、まるで危《あや》うげなく運ばれていた。

「ふ……」

安堵《あんど》感に意識が薄れ、ベッドに転がされて身体が軽く弾んだときにまた目が覚めて、矢坂は薄く目を開いた。

まず飛びこんできたのは、水も滴《したた》る美男の顔だ。同僚に背負われているのだとばかり思いこんでいた矢坂は、思いがけない展開に大きく目を見開いた。

——何だ？　どうして俺は小柳と？

こんなことになるまでの記憶を、ぐるぐるになった頭の中でどうにか取り戻そうとしていた。

ユミの前で張り合って、酔いつぶれたに違いない。だとしたら自分の負けなのに、どうして勝者のはずの小柳がこんな面倒を見てくれているのか。

「——ユミは……？」

押し出した声は、ひどくかすれていた。

酔いすぎていて全身に力が入らず、視線だけが天井近くをさまよった。内装からすると、ここはホテルの客室らしい。

「ユミちゃんは、無事にタクシーでご帰宅だ。俺は酔いつぶれたおまえを介抱《かいほう》するために、ここに連れてきた。──水でも飲むか？」

尋ねられて、矢坂は酩酊したままうなずいた。

「ああ」

小柳に負けて酔いつぶれたのだと思うと、何だか悔しい。上体を起こすことができないほど世界が回っているのに、自分以上に飲んでいたはずの小柳からは、酔った気配は微塵《みじん》も感じ取れなかった。

──こいつはザルか？　どんだけ飲んだと……。

「金……払う。……ここまでのタクシー代と、……ホテル代。受け取ったら、さっさと……消えろ」

それを伝えるだけでも、舌がもつれるほどだった。

今は何時ぐらいだろうか。店は夜明けごろまで営業しているから、今日は酔いすぎて店に戻れないと連絡しておかなければならない。

矢坂はまともに動かない手でポケットをまさぐり、まずは財布を探り当てて小柳のほうに押しつけた。寝転がっているのはダブルのベッドだったが、まさか一緒に泊まるつもりだとは考えもしなかった。単にこの部屋しか空いていなかっただけだろう。

小柳はベッドの上に落ちた財布を無関心そうに眺めただけで、客室の端にあった小さな冷蔵庫に近づき、その中からミネラルウォーターのペットボトルを取り出して戻ってくる。渡す前に、キャップをねじ切って外していた。

その丁寧《ていねい》さに驚きながらも、矢坂は手を伸ばして受け取ろうとする。だが、その肩をつかまれてベッドに縫い留められるのと同時に、ペットボトルをあおった小柳が顔を近づけてくる。

「――ん……っ」

すぐには、何をしようとしているのかピンと来なかった。

だが、唇を塞《ふさ》がれたことで全身がピンとなる。

――え？

あまりのことに呆然《ぼうぜん》としていると、力の抜けた歯列《しれつ》を舌先で割られた。

次の瞬間、生ぬるい水が口腔《こうこう》内に入りこんでくる。そのことを全く予測していなかった矢坂は、思いきりむせかえるしかない。

「げ、……っご、……ごほ……っ」

頬や首のあたりまで吐き出した水で濡れ、顔を横にして楽になろうとする。気管に入りこんだ水になおも咳が止まらない。

どうにか落ち着いて顔を上げたとき、また小柳の唇が近づいてくるのが見えた。

――な……っ！

避ける間もなく肩に乗せた手に重みが増し、唇が塞がれた。

男と唇を合わせているというおぞましさにパニックになりかかっている。同じように水を流しこまれたが、あまりに呼吸が苦しくて、それを飲みこむしかなかった。

ゴクッと喉《のど》が鳴る音とともに、敗北感が全身に広がる。

どうしてこんなことになっているのだろうか。

小柳はその手の趣味の男だったのだろうか。だが、そのことを匂わせる合図などなかったはずだ。応じたつもりもない。

水を流しこんだ後の小柳の唇はすぐには離れず、矢坂の舌をからめとってきた。

――これはいったい何だ……？

酩酊した頭の中で、焦《あせ》りばかりが空回りする。

男とのディープキスなんて冗談ではないと思っているのに、上手に顎《あご》を押さえこまれると動けず、舌の表面のざらつきが触れ合うたびに、肉感的な痺《しび》れが否応《いやおう》なしに掻《か》き立てられる。

口腔内に逃げ場はどこにもないように感じられた。舌の根まで捕らえられてぬめぬめと舌をからめられ、湧き出す唾液《だえき》をすすられ、呼吸すら奪われる。息苦しさに、頭が痺れていく。

からんでいた舌が外され、その隙間から新鮮な空気が入りこんできて、ようやく深呼吸できた。より酔いが回って、朦朧《もうろう》とする。それでも、上にいる小柳の肩を懸命に押し返そうとした。もどかしいほど力が入らない。

「この……やろう……！」

可能な限りの悪態をついてみようとしても、息が切れて、舌がもつれるばかりだ。

身体が自由に動いていたら、力の限り小柳を罵倒《ばとう》し、殴り倒していたはずだ。矢坂はおとなしい性格ではない。酔いによってここまで動けないのが不覚だった。

だが、顔を近づけたままの小柳は、まるで悪びれてはいなかった。むしろ、矢坂に抵抗されるのが楽しくてたまらないとでもいうように、微笑みを浮かべている。

「おまえの唇は甘いな。男の唇が、こんなにも甘いとは知らなかった」

ベッドに上がられ、腰のあたりにまたがられた。男一人の重みは半端《はんぱ》ではなく、どんなに押し返そうとしてもはねのけられない。その存在感に矢坂は焦った。

「っな……」

ネクタイをぐっとつかまれる。

「せっかくだから、もっといけないことをしようか。男は初めてか？　俺も初めてだが、意外なほどおまえにそそられてる。優しくしてやるから、甘えて身を投げ出せ」

ふざけたことを囁《ささや》きながら、小柳は器用にネクタイを外していく。首筋を布地で擦《こす》り上げられる感触に、矢坂はゾクゾクと震えた。

——何をする……つもりだ……？

その身体を押し返そうともがいている間にも、抜き取ったネクタイを床に投げ捨てられ、ダークグレーのシャツのボタンを一つずつ外されていく。シャツの前を開かれ、綺麗《きれい》に筋肉のついた胸筋に顔を埋められて乳首をちゅっと吸い上げられるに至って、さすがにこれはとんでもない危機だと焦りまくった。

「っうわあ！」

全身の毛穴がそそけだつ。冗談ではない。自分にそんな趣味はないのだ。

——そんなとこ、触んな……！

なのに小柳の唇は、再びそこを吸い上げた。

「っ！」

唇の吸引力をその小さな部分で嫌というほど感じ取った後で、全身に鳥肌《とりはだ》が広がる。たまらなく不愉快で、背筋がこそばゆくなる。二度とそんなものを味わわされたくないのに、どんなにがむしゃらに押し返そうとしても、小柳の唇はそこから離れてくれない。

「ん？　おっぱい感じる？」

唇をつけたまま喋《しゃべ》られ、その不規則な刺激にすくみ上がるとまた強くそこを吸われた。

「……っ！」

快と不快が濃厚にその一点で混じり合う。繰り返し刺激を受けるうちに、感覚が少しずつ変化していくみたいだった。気持ち悪いだけではなくなっていることに狼狽《ろうばい》し、どうにかこの状況から脱しなければならないという焦りから必死でもがく。

だが、腰もホールドされており、擦れるたびに息を呑《の》むような快感が性器を直撃した。

このままだと男に組み敷かれるといった屈辱的な状況で、完全勃起《ぼっき》ということになりかねない。それだけはどうしても自分に許すことができず、動きを止めるしかなかった。

「いい加減、離せ！　俺は…、…ゲイじゃ……ない」

「けど、身体は俺に触られて、喜んでいるようだが」

小柳はその言葉を証明するように、矢坂の乳首に唇を近づけてきた。その気配を感じ取っただけで乳首に意識が集中し、尖《とが》らせた舌先で押しつぶされた途端に痺れるような快感が広がる。さらにその小さな粒を唇の間に挟みこまれて吸い上げられるたびに、全身から力が抜けていくような奇妙な体感がぞわぞわと走った。乳首だけでそんなに感じている自分が許容できず、矢坂は正気を取り戻そうと首を振るしかない。

「離せ…そこ、……っ……!」

「気持ちいいか? 舐《な》めるたびに、どんどんここが豆みたいに尖っていく」

「…気持ち……悪い、……だけだ……っ」

「こんなにけなげに尖って、吸って欲しくて張り詰めているくせに?」

「き、…さま…っ!」

懸命に脅しつけようとしても、全く通用しなかった。それどころか、嫌がっているのが楽しいのか逆にそこばかり弄ってくる。

小柳の唇が乳首に触れるたびに、矢坂は腰の奥が痺れるような初めての感覚にとらわれていく。

こんなふうに乳首で感じさせられるなど、男にとっては屈辱でしかないはずだ。

だからこそ、嫌だ嫌だと拒んでいるのに、その小さな粒の感覚は舐められるたびに研《と》ぎ澄まされていくのが許せない。

「……っぱ、……離せ……っこの……っ」

悪態をつくたびに、その罰のようにちゅ、ちゅっと乳首を吸い上げられる。もがく手を頭上で万歳《ばんざい》するように押さえこまれると、そこを防御するすべがなかった。すでに乳首は純粋な快感を受け止めるための器官と化し、吸われるたびにあらがいがたい強烈な疼《うず》きがペニスに流れこんでいく。

快感を散らそうともがいたとき、小柳との身体の間でまたペニスが擦れた。その感覚にそこがかなり硬くなっていることに気づいて、目がくらむような焦りが募った。

「……っ！」

こんな男に乳首を弄られて、勃起した自分が許せない。何かの間違いだ。なのに、小さな粒を舐めずる舌の動きに体内の感覚がより掻き乱され、吐き出す息にさえ熱がこもりそうになっている。

「やめろ…っ、……たら……」

強く吸われるたびに、ビクンと腰が動いた。

酔いすぎたせいで、自分はひどく混乱している。どこかの感覚が狂い始めている。これは普通の状態ではない。乳首でそんなに感じるはずがない。

懸命に自分にそう言い聞かせているというのに、反対側の乳首まで指で軽くつまみ上げられて指の間で擦り上げられた。途端に走る甘い刺激に、矢坂はますます追いこまれていく。

「離せ……っ！」

何か妙なことになっている。

がむしゃらに暴れ出そうとしたが、乳首を刺激されるたびに広がる刺激に息を呑まずにはいられない。動きを止めたそのとき、口で含んでいたほうの乳首にいきなり歯を立てられた。

「っぁあ！」

痛みは瞬時に身体を駆け巡《めぐ》る。だが、消えるときにジンと痺れたような感覚に変化した。それが何だか知りたくて意識を集中させていると、もう一度歯が立てられた。

「ツン、……っぁあっ！」

今度は痛みよりも、明らかに快感のほうが強い。のけぞると、痛いぐらいに尖っていた反対側の乳首もきゅっと指先でねじられた。すでにそこも快感の泉と化していて、どんな刺激も快感に変えていくようだ。

——信じられない……。

矢坂は首を振る。

胸の二つのしこりが、どこよりも敏感な場所になっている。吐息《といき》ですら震えるほどだ。そんな矢坂の乳首に、小柳が不意に唾液を垂《た》らした。

「……っ」

それだけでも、じわりと下肢に刺激が広がる。

小さく震えると、小柳が笑った。

「おまえには素質があるようだな。こんなにもいい顔見せられると、ここばかり弄《いじ》っていたくなる」

「ぶっ殺す！　……きさま、……生か……しちゃ……っ！」

言葉が途切れたのは、罵声《ばせい》を浴びせかけたお仕置きとでもいうように、小柳が小さな乳首を正確に歯の間に挟みこみ、力をこめたからだ。

「っぁあ！」

強烈な快感が背筋を駆け抜ける。下肢のものはすでに、はちきれそうなほど熱くなっていた。こんな状態になっているのだから、小柳にとっくに気づかれているのだろう。

「……いい加減にしろ！　……この、……変態……っ！」

恥ずかしさのあまりわめきちらしても、小柳は動じた様子もない。

「その変態に弄られて、こんなに感じるおまえも変態か？」

硬く張り詰めた粒を舌先で転がされていると、その快感に支配されそうになる。

そのとき、硬くて丈夫そうな歯の間に、乳首がまた挟みこまれた。

——あ、……また……っ！

新たな痛みと快感を予想して、矢坂の身体が硬直する。だが、小柳はすぐに噛もうとはしなかった。二回甘噛みされ、腰が溶けるような甘さに身体の力が抜けきったのを見計らってから、力がこめられる。

今までよりもずっと強い痛みがそこを襲った。

「つぅ！　……つぁあ……っ！」

噛まれたまま、引っ張られる。痛いのに、それがむしろ快感を増幅した。

性器がジンと痺れ、かすかに腰が動いた。

「ッ……ンッ！」

小柳の身体との間で性器が擦り上げられて、その刺激にも飛び上がりそうになる。だが小柳の身体にその昂《たか》ぶりを擦りつけるような恥知らずな動きが止められずにいると、小柳もそれを利用するように、腰の位置を変えてきた。自分の性器と熱を孕《はら》み始めた小柳の性器とが布越しに擦れ合った途端、電流のように広がった刺激のおぞましさに矢坂は硬直した。

「ふ、……っく、……っやめ…ろ…っ」

「やめろ？　本当はここも擦って欲しいんだろう？」

ぐっと小柳のほうから昂ぶりを押しつけられ、熱を孕んだ肉塊同士が擦れ合う感覚に甘い声が漏れそうになった。

——……嫌だ……っ。

おぞましくて気持ちが悪い。なのに、どこかでその嫌悪感が快感にすり替わっている。身体の奥底から沸き上がってくる欲望に操られ、矢坂のほうからも腰を動かし始めていた。射精したいという本能には逆らえない。それは小柳にとっては愉快でたまらない状況らしい。

「自分から腰を押しつけてくるなんて、淫乱《いんらん》なガキだな」

喋るついでとでもいうように乳首を舐めずられ、強烈に吸い上げられた。

「っぁ、……っひ、……っや…っ！」

反対側の乳首を親指と人差し指の間でつまみ出され、ねじられると乳首からの快感に我を失いそうになる。

じっとしていられず、矢坂は自分から腰を突き上げるようにして上下に揺すっていた。

「そんなにもおっぱい、気持ち良いんだ？　自分でお尻振らずにはいられないくらいに」

わざと選択しているのか、小柳の言葉は我慢がならないほど矢坂の屈辱を煽る。だが、そんな小柳のなすがままにされるしかないという状況が、逆にたまらなく矢坂を追い詰めた。

殺してやると頭の片隅に刻みこみながらも、ひたすら射精することを求めて全ての感覚を集中させていく。

身体が芯のほうから熱く溶け落ち、ひたすら絶頂へと上りつめる刺激を求めずにはいられない。こんなにも感じたことは、近年なかった。腰を小刻みに揺すり上げてしまう。小柳のものも矢坂のものと同じくらい熱くなっているのが伝わってきた。

最後に乳首にきつく歯を立てられ、その直後にちゅうっと強く吸われた。

「っぁあああ、……っぁ、……っぁあ……！」

目の前に真っ白な閃光《せんこう》が広がり、矢坂は下着の中に解き放つ。

ガクガクと腰を突き上げるような痙攣《けいれん》が走り、そのたびに小柳の身体とペニスが強く擦れる。

何もかもわからなくなるほどの絶頂感とともに、下着が生温かく濡れていく。なかなか射精感は収まらなかった。

ようやくその衝動が落ち着くと、矢坂はぐったりと脱力した。しばらくは息を整えることしかできない。じわじわとまともな思考力が戻ってくるにつれて、下着の濡れた感触が異様に気になった。

辛抱《しんぼう》できずに下着の中に射精するという行為からは、とっくに卒業したつもりでいた。射精をコントロールして女をより深いエクスタシーに導くことも、それなりにこなせるはずだった。

だが、こともあろうに男に嬲《なぶ》られて、このような形で達するなんてあり得ない。

その衝撃もあって、矢坂は意識を失ったようにぐったりと目を閉じていた。現実を認めたくない。この場から消え去りたい。急速に脈が速くなったからか、目眩《めまい》すら起きて、そのまま気絶したい思いだった。その願いのままに、ふうっと意識が遠ざかる。

矢坂を現実に引き戻したのは、遠く聞こえた小柳のつぶやきと、シャッター音だった。

「うーん……、どうかな」

何やら不穏な気配を察して重い瞼《まぶた》を開くと、小柳がベッドサイドに立って、矢坂を見下ろしていた。

驚いたのは、その手に一眼レフのようなカメラが握られていたことだ。そのレンズは矢坂の身体に向けられていた。

ベッドに仰向けに横たわっていたはずだったが、ひどく身体の前面がスースーする。

――……撮られた……？

冷たい戦慄《せんりつ》とともに身じろいだとき、矢坂は自分の身体の異変に気づいた。

シャツがはだけられて上体が丸見えなのはともかく、ベルトが緩められてスーツのズボンが膝《ひざ》のあたりまで引き下ろされていた。下着も腿の途中まで下ろされ、白濁に濡れたペニスが剥き出しになっている。

――な……っ！

とんでもなく恥ずかしい姿だ。眠りこむ前も服は乱れていたが、ここまでではなかった。こんな姿にしたのは、小柳だろう。

――写真を撮って、どうするつもりだ？

きっとまともな使い道ではないはずだ。怒りと憎しみが再燃し、ぶっ殺してやりたくなった。

「き……さま……っ」

怒号《どごう》とともに、矢坂は裂帛《れっぱく》の気合いで小柳の手に握られているカメラを蹴り飛ばそうとした。高価そうな品だが、気にする必要はない。いったい、この変態男は何のつもりなのだろうか。

だが、鋭く空を切ったはずの足は酔いのためにほんのわずかしか上がらず、それどころかベッドから転がり落ちそうになった。視界すら定まらない。

「わっ……」

小柳は悠々とカメラを引いてから、落ちそうになった矢坂の腰を危なげなく支えてくれる。カメラをベッド脇に丁寧に置くと、ベッドに上がってきた小柳は矢坂をうつぶせに押さえこんだ。

「どうにも、この写真だけじゃ弱いんだよね」

うなじのあたりに唇を押しつけられて囁かれ、首筋からぞくぞくと鳥肌が広がっていく。

「弱いって……何が……」

矢坂はどうにか手を伸ばし、小柳から逃れようとあがいた。

最初の印象はエリートサラリーマンだったが、時間が経てば経つほどその得体の知れなさが際だつ。矢坂をホテルにかつぎこみ、身体を嬲ったのは今の写真を撮るのが目的だったのだろうか。だとしたら、それをネタに自分を強請《ゆす》るつもりなのだろう。

——冗談じゃない。俺に金などないぞ。

小柳が矢坂の筋肉質の尻を、鳥肌が立つような奇妙な手つきでなぞった。

「女の子なら、おっぱいとお××こが見えちゃってるような写真を撮れば何でも言うことを聞くようになるんだけど、男の場合はやっぱりそれくらいでは脅せないだろうな。もっと衝撃的な、インパクトのある写真にする必要があると思わないか」

「なっ……！」

「男に犯された後だと、一目でわかるような写真とかね」

その言葉に矢坂は絶句した。小柳の正体が何なのか、依然としてわからないままだったが、矢坂を脅すためのネタを作ろうとしていることだけはハッキリとしてきた。

「きさまに……っ、犯され……て、たまるか……！」

だが、怒鳴った途端、尻の狭間を両手で左右に開かれた。矢坂は絶体絶命のピンチに凍りつく。必死で今の体勢から逃れようともがくが、半端に下ろされた下着やズボンが動きを阻む。酔いもあってどうしても小柳から逃れられない。

「まさか、本気でそんなこと……するつもりじゃ……ないだろうな？　おまえは、ゲイ……なのか？」

腿の途中まで引き下ろされた下着とズボンを、足首から引き抜かれていく。

「いやいや、至ってノーマル。だが、仕事とあらばカバとだって寝られる」

――カバだと……？

呆気《あっけ》にとられた。この美男は、カバと寝るような機会でもあったというのだろうか。

「おまえの仕事って、いったい……っ？」

暴れすぎて、息が切れて動けなくなる。

「ワセリンと女性器用潤滑剤《じゅんかつざい》と、どっちが好き？」

小柳は矢坂の質問を無視して、ごそごそと何かを取り出そうとしていた。

「どっちもお断りだ……！　そもそもおまえ、何のつもりで…っ」

言葉の途中で小柳の指先が何かを塗りつけるように後孔の入り口をまさぐってきたので、矢坂はビクンと震えた。

「やめ……っろ……っ！」

悲痛な叫びが漏れたとき、またぬるつく指が矢坂の後孔に触れ、括約筋をなぞるようにぐるりと円を描いた。冷たい戦慄にすくみ上がりながらも、指を入れさせまいと括約筋《かつやくきん》に力をこめるしかない。

だが、小柳の指は焦ることなくそこでぬるぬると円を描く。ずっと力をこめ続けることができずに緩んだ瞬間、それを待っていたように指がぬるりとすべりこんできた。

「っひ！」

男として生涯体験するつもりのなかった奇妙な体感に、反射的にそこに力がこもる。指はぬるりと押し出されて抜け落ちたが、矢坂の呼吸が苦しくなって息を吐き出したとき、再び押しこまれてきた。

「っン、ぐ……っ！」

懸命に力をこめる。

だが、次はむしろワセリンのぬめりを借りて、少しずつ奥に入りこんできた。

まさか、自分は本当にこの男に犯されるのだろうか。カバとでも寝るという、ふざけた男と。

「そんなに嫌か？」

「決まって、る。俺に、……そんな、趣味はない」

声がうわずった。その間にも、括約筋から力が抜けない。力を抜いたが最後、指の根元まで入れられそうで怖かった。だが指を締めつけるほどに、その存在感を思い知らずにはいられない。

今日は厄日《やくび》だ。何でこんな男に、ホテルに連れこまれてしまったのだろうか。

窒息しそうになって大きく息を吸いこんだ拍子に、ついに指が奥まですべりこんできた。

焦って締めつけてもすでに遅く、根元まで深々と指に貫かれていく。

「っ……ば、……抜け……っ！　殺す……っ、……息の根を……止め…っ！」

悪態をつくたびに腹筋に振動が走り、指の入っているところまでビリビリ響く。まともに言葉も綴《つづ》れない。

「そんなに嫌か？」

中の指をゆっくり抜きながら、小柳が囁く。その声は楽しげで、男の肛門に指を突き刺している嫌悪感よりも、楽しさのほうが勝っていることを伝えてきた。

「……いや…に、……決まってる……っ」

「だけど、この身体はそうでもないようだが。すごく中は熱くて、ぎゅうぎゅうに締めつけてくる。柔らかくて、気持ちが良さそうだ。男の尻がこんなにいいとは意外だったな。ここをたっぷりほぐしてから突っこんでみたら、新たな快感に目覚めそうだ」

「なっ……」

そうされることを思い描いただけで、あまりの嫌悪感に目の前がブラックアウトしそうだった。

「……ッ殺す！　……その脳天に鉈《なた》、振り……落として、かち割ってやる……！」

だが、喋っている最中に抜き取られそうだった指が再び元の位置まで戻ってきて、矢坂は中を擦られる感覚にすくみ上がる。

「やめ……ろ……っ！」

抜き差しされるたびに、背筋が粟立つような奇妙な感覚ばかりが呼び起こされた。

「おまえのやめろは、もっとして、だろ？　こんなに締めつけやがって」

脅すように囁きながら、小柳は矢坂の中にある指をさらに淫《みだ》らに蠢《うごめ》かせた。

――こいつ、本当に訳わからない！　強請る目的なんてわからないけど、どうしてここまで嬉々として俺をいたぶるんだよ。

指が抜き差しされるたびに、その慣れない感覚に矢坂は息を呑まずにはいられない。尻の孔《あな》を弄られるなんて、男としてもっとも屈辱的な行為だ。ろくに知らない相手にこんなことをされているというのに、なすがままにされるしかないという事実が、より悔しさを掻き立てる。

——クソ……っ！

違和感と圧迫感は消えず、くちゅくちゅと中を掻き混ぜる音が大きくなった。

その指の動きを阻止しようと必死で中に力をこめているというのに、それを愚弄《ぐろう》するかのように指のスピードやタイミングが自在に操られ、次々と刺激が生み出される。不快感だけではなく、生々しい疼きとともに下肢に熱がこもりはじめるのには参った。

「勃《た》ってる」

からかい交じりに目を背《そむ》けたい事実を小柳に指摘され、矢坂は死にたくなった。

小柳の指が抜き差しされるたびに粘膜がからみつくような動きを始め、甘い痺れがそこから次々と沸き上がりつつある。

「おまえのエロい姿に、俺も刺激されて硬くなった。中の具合を直接確かめさせてもらおうか」

「ふざけんな！　そこに指以外が入るはずないだろ！　やめろ、この…！」

わめき散らす矢坂を無視して指が抜き取られ、腰がつかまれてぐいと固定された。腰だけを高くするような淫猥《いんわい》な姿勢を取らされ、のっぴきならない事態に逃れようと前に動こうとした途端、堅く逞《たくま》しい小柳の灼熱が狭間に触れて飛び上がる。

「や、ややややや、……嫌だ……っ！」

逃げようとする腰を引き戻された。

「そう怯えなくてもいい。優しく痛くないようにやってやる。最後にはおねだりするほど悦いかもしれないぞ。新しい世界の扉が開くかも」

「だったら逆！　せめて逆……！　俺がおまえの世界の新しい扉を開いてやるほうが……！」

男に犯されるよりは犯すほうがせめて多少はマシかもしれないと思って提案してみたが、小柳は聞く耳を持たない。

「俺にとっても男相手は初めてだ。記念となるべき事業を、互いの協力でやり抜こう」

「誰が……協力……なんて…するか…っ！　バカ死ね……！」

背後の男の顔面を思いきり蹴り飛ばしてやりたいぐらい、絶体絶命だった。腰をがっちり固定され、矢坂の括約筋に硬い逞しいものが押し当てられた。

「……っ」

嬲るように狭間に押し当てられるたびに、全身がすくみ上がる。

たまらない恐怖にさらされながら、矢坂はこの窮地から逃れるための方法を懸命に探そうとしていた。

——そういえば、仕事とか言っていたような……。

どんな職業なのかさっぱりわからないが、男を犯す必要がある仕事などあるはずがない。

手がかりが欲しかったが空回りした矢坂の体内に、灼熱の肉棒が叩きこまれた。

「——っ……！」

酔いのために多少は身体が弛緩《しかん》していたのだろう。そうでなかったら、先端だけでもこんなふうに受け入れることは不可能だったはずだ。ぬる、っと滑る感覚とともに一気にその大きな先端を体内にくわえこまされた瞬間、全身が覚醒し、それによってぎゅうっと入り口が引き絞られる。そうなると逆に、抜き出すこともできない。

「つぁ、……つぁ、あ、……抜け……っ！」

うつぶせにされたまま、矢坂はシーツを強く握りしめてその初めての強烈な体感に耐えた。小柳はこの状況に慌てることなく、矢坂の腰を両手で固定して、杭《くい》を打ちこむように抜き挿しを繰り返す。

その張り出した先端が少しずつ入りこむたびに、矢坂の口から吐息が漏れた。

下手な動きをするとねじこまれた部分から引き裂かれそうで、呼吸すらままならない。

ひたすら力を抜こうとしていてもうまくいかず、体内を穿《うが》つものの強烈な存在感を思い知らされずにはいられなかった。

「は、ぁ……ッ」

「深呼吸しろ。俺に任せていればいい」

圧迫感に呼吸すらままならず、苦しくて悔しくて理不尽に感じられて仕方がなかったが、矢坂は小柳の言葉に従うしかない。

だが、大きく息を吐き出したとき、さきほどよりもより深いところにまで入ってきた感覚があった。

「っ……あ……！」

その摩擦に、狼狽した声が漏れる。さらに中を慣らそうとするように小刻みに揺さぶられ、矢坂は慣れない感覚に翻弄《ほんろう》される。

「てめ……、やめ……ろ……！」

小柳は動きを止めない。

その楔《くさび》から逃れたくてたまらなかったが、身体のどこをどう動かしたら力が抜けるのかさえわからなくなっていた。

あらがおうと手足を動かすと腰が揺れて思わぬ刺激が走り、そのたびに息を詰めて動きを止めるしかなかった。

「……っふ、……っあ、……っあ」

感覚のない深いところまで、犯されていく。

後孔が開きっぱなしになり、括約筋に力が入らなくなっていた。

「は、……っあ、あ……っ」

汗が額を伝い、荒く浅い呼吸しかできない。

――入ってる。……小柳のが。

ひどく混乱していた。腰から下の感触がひどく複雑になり、小柳がゆっくりとした前後の動きを行うたびに内臓の深い部分にまでその感覚が伝わってくる。中にある小柳の性器の形を、頭の中で思い描けそうだ。

――熱……い……。

もっと乱暴にされるのかと思っていた。だが、小柳の動きは穏やかだ。男だったら入れるなり、それなりの動きをしたいものだろう。なのに己の欲望を抑えて、矢坂の身体が慣れるまで我慢してくれているようだ。

「大丈夫……だから……」

そのいたわるような声に、少しだけ楽になれる気がした。

合意なしに自分を犯そうとしている男だったが、いっそ全てを委ねてリードさせたほうが苦しくないんじゃないかという気持ちすらこみあげてくる。

「っん……っ」

そう思ったことで身体からさらに力が抜けたのか、小柳が腰を大きく揺すり上げてきた。

「っぁ、……ッン！」

入り口から奥のほうまでが、ペニスで一気にえぐられる。

大きな硬いもので襞《ひだ》が擦り上げられるたびに、息が詰まるような感覚が次々と矢坂に襲いかかった。まだまだ苦痛や違和感のほうが強かったが、その中に快感の萌芽のようなものがひそんでいるような気がする。軽く突き上げる動きと、円を描く刺激が交互に与えられ、その強烈な感覚を最初のころは受け止めるだけで精一杯だった。

「っふ、……っん、……っん……っ」

だが、少しずつその鈍く疼くような快感が、明らかに感じ取れるようになっていく。太いカリの部分が焦れったいほどゆっくりと入りこむと、また粘膜を刺激して欲しくて、戻ってくる間にも疼きが最高に掻き立てられる。絶好のタイミングで小柳のものに突き上げられると、甘ったるい快感が駆け抜けた。その快感を享受していたとき、不意に大きく身体が跳ね上がった。

――何だ……、今の……。

自分の身体から生み出されたとは思えない感覚にうめいたとき、中のものが今までとは比べものにならないほど大きく動いた。襞に蓄積されていたむず痒《がゆ》さを根こそぎ奪うほど張り出した先端に激しく摩擦され、目が眩《くら》むほどに快感を掻き立てられる。

「っぁ、……っ！」

漏れた声が快感のためだと読み取ったのか、小柳の動きは次第にスピードを増した。張り出したカリに痛いぐらいえぐり上げられ、身体がどろどろに溶けていく。

小柳の動きを覚えて、それに合わせるように腰が浮いてしまう。唇を食いしばることすらできず、えぐられるたびに肺から空気が押し出されて甘いうめきが漏れた。こんな声を漏らしているのが自分だなんて考えられないほど、その声は甘ったるかった。

身体の奥の奥まで、数え切れないほどの回数、小柳に穿たれていく。その初めての感覚に矢坂はいつしか酔わされ、否応なしに沸き上がってくる重苦しさの混じった快感に翻弄されていた。

――入ってくる……。いっぱい……。

ひたすら頭の中で、小柳の楔の動きを追っていた。小柳の形に押し広げられ、擦り上げられる襞から沸き上がる快感が、矢坂の身体を絶頂に向けて押し流していく。

「っぁ、……っあ、……っふ、ふ、ふ……っ」

だが、初めて知る後孔からの快感に溺れている身体とは裏腹に、心のどこかでは射精したくないと強く抵抗していた。男なのに後孔にペニスを迎え入れて達するなんてあり得ない。

そんな醜態をさらすわけにはいかない。なのに、身体の内側から沸き上がる快感を遮断できない。

次々と送りこまれてくるペニスで奥の奥まで掻き回されて、太腿が痙攣し始めた。

「――っ……！」

それでも必死に抵抗しようとしてみたが、叩きこまれる性器が凶暴なまでのスピードを増す。立て続けに突きまくられて、ついにその感覚に全てが巻きこまれた。

「ぁ、……っぁああ、ああ……っ！」

体内に深く突き立てられた小柳のものを渾身の力で締めつけながら、ガクガクと腰が揺れるのを止められない。そのために深い部分を亀頭《きとう》がえぐり、その摩擦もあって失禁するように射精するしかなかった。そんな身体にさらにとどめを刺すように、小柳のものが押しこまれる。

「…っバカッ、クソッ、この…！」

ひたすら喘《あえ》がされた末に、体内に熱い精液を浴びせかけられたのが最後の記憶だった。

＊

目が覚めたとき、矢坂はかつてないほどの身体のだるさとともに、ズキズキと痛む後孔の痛みにも耐えなければならなかった。

さらに二日酔いもあるのか、頭が鈍く痛い。胃がでんぐり返りそうな吐き気もする。

――小柳は……。

矢坂は慎重に寝返りを打ってから、室内に男を捜した。だが、人の気配はなく、枕元の埋めこみのデジタル時計で時刻を確認すると午前七時半だとわかった。

昨夜のとんでもない記憶をたぐり寄せながら視線を泳がせていると、ベッドのサイドテーブルの上に何かが置かれていることに気づいた。

――ん……？

寝転がったままつかんで顔の前にかざした途端、矢坂は大きく目を見開いた。全身が冷たくなっていくのが自分でもありありと自覚できた。胃がググッと固くなる。

それは、犯された直後の矢坂の姿を撮影した写真だった。デジカメで撮ったのを、何らかの手段でその日のうちにプリントアウトしたものだろう。閉じきらない後孔から精液をあふれさせ、自身も射精したのがわかる、性器剥き出しの目を背けたくなるようなものだった。放心した淫らな表情のこの男が、自分とは思えない。

矢坂の目は、続いてもう一枚の紙に向かう。小柳のものらしき字で、次の文句が記されていた。

『ユミとは別れろ。そうしないと、この写真を周囲にバラまく。俺の正体については、詮《せん》索《さく》無用』

「なっ……」

憤りのあまり、その紙を持った手が震えた。

——あの男は何者だ……？

頭が働かない。ユミと小柳とのつながりがわからない。二人は昨日が初対面のはずだ。ユミの家がホストと結婚するなどと言っている娘の行動に心底困り切っていることは、本人から知らされていた。もしかして、小柳が矢坂を犯したのは、ユミと別れさせるためだというのだろうか。

答えが導き出せないまま、矢坂は顔を腕で覆う。だるくて、頭の中がモヤモヤした。仕事だとか、写真で脅すなどと言っていた小柳のセリフがおぼろげに蘇《よみがえ》る。

自分をユミと別れさせるために、ユミの親が小柳に仕事として依頼して、こんなことをさせたとでもいうのだろうか。

——そんな仕事、あるのか……？

それにしてもあんまりな行動に、矢坂はつい癇癪《かんしゃく》を起こして枕を壁に叩きつける。

「ふざけんな、あいつ……！」

自分を犯した小柳と、その男に抱かれて不覚にも悦楽をむさぼった自分が許せず、身体が小刻みに震えてくる。

「…ちくしょう。覚えていろ」

まだ痛む身体を抱え、矢坂は知っている限りの言葉で小柳を罵倒した。

だが、その強い怒りが収まると、矢坂はため息とともに独りごちるしかなかった。

「いい親じゃないかよ」

自分に無関心だの、冷たいだの、ごうつくばりだのとユミはさんざん罵《のの》っていたが、さすがに可愛い娘がホストと結婚するなどと言い出せば、どんな手でも使って阻止しようとするのが親心だろう。おそらく、自分と別れさせることができればそう安くない金が小柳には支払われるはずだ。

ともあれ、こんな写真を周囲に撒《ま》かれるわけにはいかない。男っぽさで売っているホストだから客を幻滅させることにつながる。何より、矢坂のプライドが許さない。

男に犯されたなんてことは、小柳以外の誰にも知られたくない。そうである以上、要求を呑んでユミと別れるしかない。

あの男の要求に応じるなんて、考えただけでもはらわたが煮えたぎる。

だが、今まで何度もユミを遠ざけようとしてきた。約束が遂行されたことを小柳がどうやって確認するのかわからないが、今度こそ誰が見てもわかるぐらいに絶縁するしかないだろう。

——こうなったからには、禁じ手を出すしかないだろうな。今までとは比較にならないぐらいひどいメールを送るか。

今まではユミを傷つけずにやんわりと遠ざけようとしてきた。だが、その手が通用しないからには、荒療治《あらりょうじ》に出るしかない。

矢坂はため息をつき、残された写真をズタズタに引き裂いてライターで火をつける。

二度とあのムカつく男と、顔を合わせるつもりはなかった。

〔二〕

だが、その三日後。

「ふざけんな、てめえ……っ！」

矢坂《やさか》はオーナーにみぞおちを蹴り飛ばされて、壁に激突した。

「っぐ、は……っ！」

まともに呼吸すらできないほどの衝撃に、立ち上がることもできない。

最近ユミが店に来てねえなあ、とオーナーにドスの利《き》いた声で尋ねられ、別れたと告げた直後の出来事だ。

うめく矢坂の胸ぐらを、オーナーは引き寄せた。

いつでも濃い色のサングラスをかけているから、その表情も心中もうかがうことはできない。おそらく三十代か、若く見える四十代だ。マフィア風のぴったりとしたスーツを身につけ、エナメルの靴はいつでも顔が映るほどにピカピカしている。

サングラスの奥から心の底までのぞきこまれているような気がして、矢坂の全身から冷たい汗が噴き出した。

自分は決してびびりでも、小心なほうでもないはずだ。だがオーナーを前にすると自分が無力な仔羊《こひつじ》に過ぎないと思い知らされ、かなう気がしない。

相手はヤクザだ。子供のときのケンカでは、腕っ節《うでっぷし》が立つ少年よりも、石を握りしめて力加減なく殴ってくる少年のほうが恐ろしかったように、彼らは手加減というものを知らない。逆らえば徹底的にたたきのめされる。

そのことを、矢坂やこの店のホストたちはすでに骨の髄《ずい》まで教えこまれていた。

「ユミと別れるだと？　てめえ、俺にどれだけ借金があるのか、忘れたわけじゃねえよな」

言葉とともに、無防備になった矢坂のみぞおちに靴の先がめりこんだ。容赦のない衝撃は殺しきれず、上体が跳ね上がる。

「っぐ」

喉元までせり上がってきた胃液を、懸命にこらえた。過去に吐瀉物《としゃぶつ》でオーナーの靴を汚したホストが、半殺しにされたのを忘れてはいないからだ。

口の中に嫌な味のする胃液が広がり、生理的な涙が滲《にじ》んだ。

そんな矢坂の襟首をつかみながら、オーナーが凄《すご》んだ。

「おまえは利口《りこう》だ。うちのホストの中でも、別格に学がある。いずれは俺の片腕にしたいと見こんでいるんだから、俺をガッカリさせるな。――ユミから結婚を切り出されたら、とっとと婚姻届《こんいんとどけ》を書かせて役所に届け出ろと、俺はてめえに命じておいたよな。ユミの家は、総資産数十億。下手《へた》すれば、ケタが一つ違うほどの金持ちだ。それをごっそりいただけるチャンスを逃す手はねえ。何が原因で、ユミと別れたんだ？　まさか、あの女の幸せを望んでるなんて、甘ったるいことは言わねえと思うが」

それを肯定したら最後、自分の足でこの部屋から出ていけないほど、徹底的に痛めつけられるはずだ。矢坂は床に膝をつき、みぞおちを抱えこんだまま声を押し出した。

「違い……ます。……単に、…飽きられただけで……」

現実には、ユミに別れのメールを入れたからだ。もう二度と店に来るな。指名もするな。おまえは最低だ。ワガママ女。その文章の後に、ユミの肉体的な欠点などを考え得る限りの下劣な表現で綴って送信した。

女はプライドが高い。ユミほどの女なら容姿にそれなりの自信も持っている。その反面、他人には気にならない欠点を気に病むところもあるらしい。本気で別れるつもりなら、そのあたりを情け容赦なくえぐってやれ。

それは過去にオーナーに教えられた綺麗に女と切れるための秘訣でもあった。

そのメールの効果はてきめんで、それ以来ユミから一切の音沙汰はない。すでに矢坂のメールアドレスも携帯番号も、ユミのメモリから消されているのかもしれない。ただ巨額のツケだけが心配だったが、それはユミから店長あてに送金され、精算は済んでいるらしい。

「飽きられた？　なるほど。飽きられたのか」

矢坂の言葉を平板に繰り返していたオーナーが、いきなり怒りを爆発させた。肩を蹴り飛ばされ、肩や背や腕や足を手加減なしにボコボコにされる。

オーナーが落ち着くまで、ひたすら急所をかばい身体を丸めてやり過ごすしかなかった。さんざん蹴った後で、オーナーは矢坂を仰向けにひっくり返し、喉もとに靴の裏をのせた。

「まだてめえには、借金が山ほど残っている」

嬲るようなその仕草に、無防備に身体を開かされた矢坂は震える。

顔を殴ったらホストとして店に出せないから、いつでも首から上だけは殴られない。そのかわり、みぞおちや肩や背や腕や足が、ずきずきと悲鳴を上げている。やんわりと圧迫されている首にオーナーが渾身《こんしん》の力をこめて踏みこんだら、自分は首の骨を折って絶命するかもしれない。そう思うと、身体から力が抜けない。

それくらい平然としそうな相手だった。オーナーには逆らえないことを再認識させられ、恐怖のあまり呼吸すら浅くなっていた。

「てめえの山ほどの借金を回収するためには、ホストなんていう生ぬるい仕事で稼がせるんじゃなく、内臓を売り払ってやろうか。海外への片道切符だ。そのルートに乗るか？」

矢坂がここに来てからの一年間、何人もの新人が入っては消えていった。ホストとして使えないと判断したオーナーが男たちを、海外に売り払ったのだろうか。

そんなはずはないと思いたい。だが、オーナーには闇《やみ》がつきまとい、なまじ嘘だと否定できないだけにそら恐ろしさが募る。

内臓を値踏みされているような気がして、背筋が凍った。

「いえ。……ここで、……働いて……いたいです」

かすれた声で訴えると、オーナーは薄い唇を舐めて笑った。

「そうだ。だったら、ユミを逃すな。どんな手を使ってもいいからユミの機嫌を取り、婚姻届を書かせろ。いいな」

矢坂はうなずくしかなかった。

オーナーが矢坂の首からようやく靴を外し、出ていけというように顎をしゃくった。

矢坂はズキズキと痛む身体を起こし、どうにかオーナーの部屋から出る。呼吸するたびにみぞおちが引きつれて吐き気がこみあげ、ふらついて壁にすがった。

とりあえずホストの控え室で一休みしなければ、まともに歩くことすらできない。ソファに倒れこみ、身体を丸めた。

何かを察した同僚のホストが、黙って毛布をかけてくれた。

担当の客も来ているようだったが、笑顔を取り繕《とつくろ》えるような状態ではなく、ヘルプに代わりに入ってもらうことになった。

内臓の痛みは熱っぽい疼きに変わりつつあった。おそらくこれから発熱して、数日は痛みに悩まされるはずだ。だが、いつでも救急車を呼ぶほどの事態にはならない。決定的なダメージを与えずに殴る方法を、オーナーは心得ていた。

――あのろくでなし……！

心の中でオーナーを罵ったが、口には出せない。ヤクザを敵に回すだけの気概は、今の矢坂にはなかった。

――いつまで、こんな暮らしが続く……。

吐き気をこらえるために、矢坂はきつく眉を寄せた。

こんな扱いを受けるたびに、自分はオーナーにとって金を稼ぐための道具でしかないことを思い知らされる。頭を真っ白にして、盲従するしかない。それでも、どうしても従えないことがある。オーナーに言われるがままにユミとの婚姻届を提出したりしたら、きっと彼女の家はヤクザに乗りこまれて丸裸にされるだろう。そういうのは、どうしても許してはいけないと思うのだ。

ずっと、どうにでもなれ、と思っていた。流されてきた。

オーナーに拾われたときの矢坂は、抜《ぬ》け殻《がら》だった。

それこそ内臓を売り飛ばされようが、角膜を奪われようがかまわなかった。むしろヤクザが自分を殺しに来るというのなら、そうしてくれと歓迎するような気分だった。自分から死ぬ手間が省ける。

初めて心の底から愛した女が、結婚詐欺師だったからだ。

矢坂を二千万の借金の連帯保証人にしたまま彼女が完全に姿をくらましてからも、なかなかそれを認められずにいた。ちょっとした感情的な行き違いがあったぐらいで、彼女が自分を捨てるはずがない。すぐにひょっこりと戻ってくる。そう信じていた。

だが一ヶ月が経ち、二ヶ月が経ち、すぐに返すと言われていた金の返済が滞《とどこお》るようになっても彼女は戻ってこなかった。債権者が矢坂の元に押し寄せてくるようになり、ついに警察まで現れて、彼女は悪質な結婚詐欺師だと矢坂に告げて被害届を提出するように言われても、そんなはずはないと頑《かたく》なに否定していた。認めてしまうと彼女と交わした言葉や、愛し愛された記憶が全て嘘になる気がして、ひたすら現実から目を背けていた。

——他の男には詐欺を働いていたかも知れないけど、俺にだけは本気だった。

そう信じこもうとしていた。

借金の二千万はずっと夢見ていた輸入販売会社を起こすからと、彼女が言っていた金だ。借金がのしかかってきても自己破産の手続きを取ることはなく、全て自分一人で背負おうとしたのは、彼女を疑ったら自分の中で何かが崩壊しそうだったからだ。

だがきつい取り立ての中で、矢坂は否応なしに現実と向かい合うことになる。

それでも、彼女を信じようと必死だった。

そんな矢坂の前に現れたのが、オーナーだ。

二千万からふくれあがった借金の証書を突きつけ、氷のような声で告げてきた。

『故郷の親に、まずは泣きついてもらおうか』

矢坂の実家は、地元では知られた名家だった。だからこそ、銀行は就職して間もない矢坂を大金の連帯保証人として認めてくれた。その債権が巡り巡ってオーナーの元に渡ったのだろう。

『親にだけは、……頼りたくない』

矢坂は感情を失った声でつぶやく。親に頼るぐらいなら、この場で腹をかっさばいたほうがマシだった。

そのときにはオーナーの恐ろしさもわからず、投げやりな声で提案した。

『代わりに俺の身体なら、好きにさせてやる。内臓でも角膜でも取ってけ。見苦しく騒がずに、殺されてやるよ』

『面白いことを言うな、おまえ』

オーナーは矢坂を見据えて、ゾッとするような笑みを浮かべた。

借金の取り立てに来た男の中で、笑ったのはオーナーが初めてだった。矢坂はその笑みに今までとは違う何か異質なものを感じ、ただ怒鳴るだけの取り立て人とは格が違うことを理解した。

『だったら、俺がてめえの身体を二千万の形《かた》に買ってやる。なかなかのハンサムだ。まずは女を騙《だま》すホストとして、磨き上げてやるよ。解体するのは、ダメだとわかってからだ。その代わり、俺の命令には絶対服従だ。犬として働け。いいな』

その言葉に、矢坂はうなずいた。どうなってもよかった。

それからこのホストクラブで、オーナーに命じられるがままに働いている。

だが日々が過ぎ去っていくにつれ、矢坂の中で完全に凍りついていたいろいろな感情が息を吹き返していた。

彼女のことが憎かった。女など一人も信用できず、利用された分だけ利用するつもりでいた。

それでも、かすかに残された良心が結婚はダメだと告げてくる。

客の人生に踏みこんではならない。店で金を使わせるならまだしも、籍を入れた女の財産を巻き上げるなんて、それこそ結婚詐欺師だ。

さすがにそれにはオーナーの命令でも従うわけにはいかなかった。

矢坂は深いため息を漏らし、ソファの上でうめきながら考える。

――どうやったら、オーナーの計画を阻止できる？

表立ってオーナーに逆らうことはできない。だが、矢坂なりに筋を通す方法を考えなければならなかった。

＊

午後六時。

ホストクラブは七時オープンで、夜明けごろまで開いている。本来なら風適法で原則的に「午前0時から日の出」までの深夜の営業は禁止されているが、警察の取り締まりが強化された時期だけ店を閉じ、緩んだと見るなり深夜営業を再開する店が多かった。

矢坂は殴られた翌日、開店前のミーティングでオーナーから直々にユミを迎えに行けと命じられた。心の底では行きたくないと思ったものの、その命令に逆らえるはずもなく、ユミの住む白金台《しろがねだい》の瀟洒《しょうしゃ》なマンションまで足を運ぶことになった。

オーナーの見ている前でユミに電話をたてつづけにかけさせられた。だが、電話は途中からつながないというアナウンスが入るようになった。ユミが着信拒否の手続きを取ったのだろう。

そんな相手と、どうしたら元のような関係に戻れるかわからない。

——だったら、いっそずっと俺を嫌っていろ。

婚姻届を出すようなことになったら、オーナーにろくでもないことに使われるとわかっているのだ。仕方なくマンションまで足を運ぶことになったが、ユミとは仲直りするつもりはなかった。

——ろくでもないホストにはまって、そのバックにいるヤクザに身ぐるみ剥がされるより、いくら不細工だろうが、政略結婚相手と結婚したほうがいいんじゃないのか？

ユミの住むマンションのエントランスまでタクシーで乗り付けたが、オートロックのドアに阻《はば》まれ、ユミの部屋の番号を押しても一切の応答はない。

もしかしたら、カメラでこちらの姿は相手に丸見えなのかもしれない。矢坂はエントランスから立ち去り、周囲を見回した。

少し離れたところに、マンションのささやかな緑化スペースがあった。腰丈のレンガの花壇があり、その横にベンチが置かれている。矢坂はそのベンチに座って、ユミを迎えに来たというアリバイ作りのためにしばらくそこで時間を潰すことにした。

――政略結婚の相手というからには、きっといいところのお坊ちゃんだろう。そいつとさっさと結婚すれば、オーナーからは逃れられる。

だが、ユミが眉をひそめて吐き捨てた言葉が蘇った。

『とにかく、ダメ。顔を見ただけでゾッとした。何より、服のセンスが最悪』

ユミはメンクイだから、まずは外見からして受け付けなかったらしい。

だが、冴えない男がホストとして働く中で磨かれて、自信もついて垢抜けていくさまを、矢坂はずっと見てきている。腕のいいヘアスタイリストも知っているし、手を貸しさえすれば、それなりの外見に仕上がらないだろうか。

――まずは、顔写真だな。土台からダメなら、どうしようもない……。

矢坂はベンチにどっかりともたれかかり、煙草と一緒に携帯を取り出した。ネットで検索することにする。

ユミの相手の名はおぼろげにしか思い出せなかったが、経営する老舗百貨店の名前は覚えていた。そこの経営者や役付を一通り見ていったとき、覚えのある名に気づく。

――これだ。……この、相模原昭伍《さがみはらしょうご》。

オーナー一族の御曹司《おんぞうし》だと聞いている。役職はその老舗百貨店の広報部長のようだが、ネットをくまなく検索しても、本人の顔写真や自宅のアドレスなどは見つからず、矢坂は諦めて携帯をポケットに戻した。

座り続けた尻が痛くなり、矢坂は身じろぎをして足を組み直す。昨日殴られたところがアザになっていて、身体を動かすたびにひどく痛んだ。

だが、まだ店には戻れない。もう少し粘った後でなければ、オーナーに追い返されるだけだろう。

さきほどから何人かがマンションに出入りしていたが、ユミの姿はない。茶髪のホストの姿は目立つらしく、じろじろとにらみつけられることもあった。

ユミを巻きこまずにすますためにはこのまま接触しないのが一番だと考えていたが、ここで煙草を吹かしながらじっくりと考えているうちに、矢坂とユミが仲直りできなかったとしても、オーナーがそのまま終わらせてくれるとは思えなくなってきた。

矢坂が振られたことが確実になったら、おそらくオーナーはユミに接触させるべく、美男のホストを送りこむはずだ。偶然の出会いを装い、店には来ないでいいからと、あくまでもプライベートな付き合いを強調する。ユミはその演技に騙されて夢中になり、結婚してくれと言い出すかもしれない。矢坂はプライベートでは付き合わず、あくまでも店に来させるばかりだったから、その違いにほだされるだろう。

世間知らずの小娘を騙すことに長けたホストが店には大勢いた。オーナーが選びそうなホストの目星《めぼし》までついた。

――やっぱり、このまま無視はできないな。

矢坂は目をすがめて、煙草を揉《も》み消した。オーナーの邪魔をしようとしていることが露《ろ》呈《てい》したら、ただではいられないだろう。下手をしたら、店から外されてどこかに送られるかもしれない。それでも、見て見ぬふりはできそうになかった。自分がユミを巻きこんだようなものなのだから、この始末ぐらいつけたい。

――大金を貢《みつ》いでくれた、せめてもの罪滅ぼしってところか。

心は決まっているのだが、どうすればオーナーの策略を阻止できるのか、その方法がわからない。

そのとき、矢坂は目の前に嫌な記憶を蘇らせる男が立っているのに気づいた。

「ん?」

一瞬、目が拒否した。見ないことにしようとした。だが、そこにいる男の姿は消えてくれない。しばらくは怒りも忘れて、ただ呆然とその美男と視線を合わせていた。

どうしてここにあの憎い男が現れるのか、わからなかった。矢坂を犯し、とんでもない写真を残して去っていったあの男が。

瞬《まばた》きをしても、目を擦っても、軽くこめかみを拳《こぶし》でなぞってみても、非のつけどころがないほどの彼の完璧な笑顔は崩れることがない。

今日も白金台の町並みにふさわしい、エリートサラリーマンのような姿をしていた。上質のスーツに、カシミアらしきマフラー。彼はその官能的な眼差しでたっぷり矢坂を眺め回してから、再会を喜ぶような柔らかな声で告げてきた。

「やぁ。……三日ぶり？」

それから、小柳《こやなぎ》は矢坂の横のベンチを示した。

「座っても？」

「え？　……ああ」

思わず虚《きょ》を突かれてうなずいてしまった後で、矢坂はふっと我に返った。この憎い男を隣に座らせるのは嫌だ。阻止するために大きく足を広げて、ベンチの中央にふんぞり返る。

それから、きつい眼差しで小柳をねめつけた。

「何でおまえが、ここにいるんだよ！」

小柳は強引に座るようなことはせず、矢坂の前に立ったまま、軽く背後のマンションを顎で示した。

「俺はここに住んでる」

「ん？」

自然とうなずいてしまいそうになったが、そんな答えが聞きたいのではない。小柳の住所なんてどうでもいい。問題なのは、この男に前回の報復をしてやりたいということだ。

だが、小柳は呑気に声を立てて笑った。

「嘘だ。まさか、信じるとは思わなかった。——この背後のマンションに住んでいるのが誰なのか、おまえのほうが知ってるはずだが」

「……ユミ」

思わず返事をしていた。

「正解」

「ユミがおまえを呼んだのか？」

前回の脅しの件もあり、ユミと小柳の関係が気になってたまらなかった。仕事だと小柳が言ったからには、金銭のやりとりも介在しているのだろうか。だが、小柳は不敵な笑顔を崩さず、勝手なペースで話す。

「——ユミちゃんと別れなかったら、あの写真を公表すると言っておいたはずだ。なのに、ここに現れたってことは、あれを公表してもいいってことか」

下手をすると、本気でそんなことをやりかねない気配があった。

オーナーも怖いが、この小柳も別の意味で恐ろしい。人あたりのいい外見ながらも、何を企んでいるのかわからない得体《えたい》の知れない男だ。あんなことをしでかしておきながら、謝罪どころか開き直って矢坂を脅すなんて普通ではあり得ない。

矢坂は眉間《みけん》に皺《しわ》を寄せて、言い返した。

「誰かさんに写真を公表されることだけはごめんだったから、ユミとは一度別れたよ。絶縁を突きつけたときのメールもある。見るか？」

小柳がうなずいたので、矢坂は握っていた携帯を操作して、あの翌日にユミに送信した文面を表示した。

小柳はそれを手に取り、目を通す。

「で、ユミちゃんの反応は？」

「音信不通。ユミの中では、俺とのことは終わったんじゃないか？　――だが、俺のほうでおまえと話をつけなきゃなんない。俺にあんなふざけた真似をしたのは、ユミの親に頼まれたからか？　仕事がどうのとほざいていたが」

「それよりも、まずは俺の質問のほうが先だ。ユミちゃんと別れたというのが本当だとしたら、どうしてのうのうとここに現れる？」

「俺だって、来たくて来たんじゃねえよ。だが、来なくちゃならない事情ってもんが」

「だったら、その事情ってものを教えてもらおうか」

小柳は浮かべていた笑みを、すっと消した。そうすると眼差しがきつくなり、凄みのようなものすら感じ取れるほどだった。

気押されないように、矢坂は眼差しに力をこめた。

「なんでおまえに説明する必要があるんだよ？」

自分を酔い潰し、犯した男が相手だ。顔を合わせるなり、問答無用でぶん殴ってもいいぐらいだった。なのに、ここまで普通に話をしている自分を褒めてやってもいい。それと、小柳の奇妙な雰囲気のせいもあるのかもしれなかった。殺気立つたびに、はぐらかされている。

だが、いくら強要されてもオーナーとのことを迂闊《うかつ》に話すわけにはいかない。自分が負わされた借金のことから説明しなければならない上に、どこをどう巡ってオーナーの耳に届かないとも限らない。

だが、いきなり襟もとをつかまれたと思うなり、背をベンチに縫い留められていた。さほど力を入れているとは思えないのに、まるで動けない。この男は武道の心得があるのかもしれない。

焦点が合うギリギリのところまで覆い被さるように顔を寄せてから、小柳は悪っぽく囁いてくる。

「答えないなら、今すぐこの場でキスしてやる。公衆の面前で、舌をからめた五分以上の濃厚なやつを。いくらおまえがあらがおうと、容赦なく」

「っな……」

冗談じゃない。前回の二の舞いにはなりたくない。だが、また同じ目には陥らないと突っぱねるのには、先日の記憶が邪魔をした。小柳はすでに矢坂をベンチの間に縫い留め、身動きできないほど追い詰めていた。下手をすれば、本当に公衆の面前でキスの刑だ。この男が本気になれば、酔っていないときでも逃れられない気がした。

二人がいるのはマンションの入り口から少し離れた目立たない位置だが、それでもそれなりに人通りはあった。さきほどから男二人がここまで密着しているのを不審に思った、前を通る人たちがチラチラと視線を向けてきていた。キスされたら、その不名誉すぎる姿を誰かに目撃されることもあるだろう。

「どうする？」

小柳の声が、嬲るような甘さを増す。

突っぱねたら、おそらく迷いなく唇を重ねられる。先日、矢坂を犯すことをためらわなかったほどだから、キスぐらいは何てこともないだろう。懸命にあちらこちらに力をこめ、ベンチから立ち上がろうとしたが、それがかなわないと思い知った矢坂はその脅しに屈するしかなかった。

だが、自分だけ一方的に喋るのは業腹《ごうはら》だ。

「俺が事情を説明したら、おまえも誰に依頼されたか明かすか？」

「知りたいのか？」

「当然だろう」

「だったら、話してやる」

小柳は意外なほどあっさり承諾すると、矢坂の襟もとから手を離して、ベンチの空いたところに座った。キスから逃れられたことを知り、矢坂は硬直していた全身から力を抜いてふんぞり返る。男に生まれて二十八年。同性にキスするぞと脅される日が来るなんて考えたこともなかった。

矢坂は煙草をくわえて火をつけ、深々と吸いこむ。

「うちの店のオーナーの命令だよ。ユミを来店させろと。エースだからね。オーナーは俺の恩人だから、どうしてもあの人には逆らえない」

嘘は言わないながらもごまかそうとすると、小柳は矢坂と同じポーズを取るようにベンチの背にもたれかかって、長い足を組んだ。

「恩人？　おまえを殴ったりする相手が？」

この男はどこまで何を知っているのかと、警戒心があふれ出す。矢坂は首をひねって、小柳を見る。

オーナーに殴られたアザは、外から見えるところにはないはずだ。まさか店に小柳のスパイでもいるのかと勘ぐりそうになったが、笑いながら説明された。

「すぐにわかるさ。おまえはさっきから、動くたびに痛そうだからな。その相手がオーナーかどうかはカマをかけただけだが、どうやら図星《ずぼし》らしいな。この感じやすくて色っぽい身体を殴るなんて、ひどい男だ」

——何を言ってるんだ、こいつ……。

前半についてては小柳の洞察力の鋭さがうかがえたが、後半のセリフにはあきれ果ててものも言えない。

何だか馴れ合ってでもいるような雰囲気になっていたが、そもそもこの男は自分を犯した相手だ。その報復もしないうちに、この男を許すつもりはない。

逆襲の気持ちとともに、矢坂は斬《き》りこんだ。

「俺の説明はそれで終わりだ。約束通り、そちらの仕事の説明をしてもらおうか。カバとでも寝られるというおまえの正体は何だ？」

小柳は甘く微笑んで、スーツの内ポケットから名刺入れを取り出した。

「挨拶が遅れたな。俺は、こういうものだ」

流れるような仕草で名刺を差し出す。矢坂は指先で、それを引き抜いた。

名刺の左上端に『別れさせ屋、復縁』と書かれており、その横に『コヤナギ・シークレットサービス』と社名が記されている。さらに探偵業届出証明番号が小さく刷りこまれ、中央部に『所長　小柳征一《せいいち》』とあった。

「――別れさせ屋……？」

矢坂は呆然とつぶやく。馴染《なじ》みがなかった。

テレビのワイドショーか特集で、別れさせ屋について放送していたことがあったような気がする。だがちゃんと観ておらず、今ひとつピンとこない。

「別れさせ屋って、どういうことだよ？　どんな仕事を……」

ここまで関わってしまったからには、しっかりと聞き出しておかなければならなかった。

「別れたい、別れさせたいと思う相手に対して、特殊工作を行う専門の探偵業だ」

「ユミの親が、俺とユミを別れさせろとおまえに依頼したってわけか」

苦々しい思いが胸に満ちる。その専門職に依頼させるほど、ユミの親を困らせていたとは思わなかった。

守秘義務でもあるのか、小柳は微笑んだだけで答えない。あくまでも仕事として自分に接触したのだとある程度は理解したが、そのやり口が気に食わないことに変わりはない。別れさせるためにあんなことまでする必要はないはずだ。矢坂は糾弾《きゅうだん》せずにはいられなかった。

「目的を果たすためなら、何だろうがするって輩《やから》か。おまえがした行為を逐一《ちくいち》警察に知らせてやったら、探偵業の認可を取り消されるだろうな」

小柳の仕掛けた罠《わな》にうかうかとはまった自分の迂闊さにも腹が立つが、どう考えてもあれはやり過ぎではないだろうか。

だが、矢坂の脅しに小柳が動じることはない。棒付きキャンディを取り出して、包装紙をめくりながら言ってくる。

「警察に駆けこんでくれてもかまわないが、そうしたら俺とセックスしたことを根掘り葉掘り何度も警官に説明することになるだろう。さらにおまえが勤務しているホストクラブにまで、警察が調べに入るかもしれない。あそこは暴力団のフロント企業だと聞くし、違法な時間外営業もしている。警察に関わることを、オーナーが好むとは思えないが」

小柳が思っていた以上に自分の身辺を調べていたことを、その言葉によって思い知らされる。オーナーが暴力団の舎弟《しゃてい》だということは薄々わかっていたが、ホストクラブが暴力団のフロント企業と断定できるほどだとは矢坂でも知らなかった。

フロント企業とは暴力団が資金源となり、経営に関与している企業のことだ。客は普通のホストクラブだと思って通っている。そう簡単に調べられるものではないはずだ。

小柳はなかなかの情報通らしいが、それでも言いくるめられるつもりはない。なじるように言葉を重ねた。

「わざわざ男と寝るより、ユミのほうに工作すればいいだろ。ユミはおまえに興味を示していた。もう少し優しく付き合ってやれば、俺を捨てておまえに靡《なび》いたかもしれないのに」

「依頼者が望んでいるのは、ご家族で決めた婚約者との成婚だ。ユミちゃんを俺に惚れさせてしまっては、その目的を達成できない」

その気になれば、惚れさせるのは容易いとでもいうような小柳の思いあがった態度に、矢坂はフンと鼻を鳴らした。

「だったら、男を犯して脅すのが、おまえにとって最善の仕事ってことかよ。最低だな。おまえはいつも、こんな仕事をしてるのかよ！」

苛立《いらだ》ちが収まらず、声が荒々しくなる。

激していく矢坂とは対照的に、小柳はますます楽しそうになっていた。矢坂に視線を流し、とっておきの甘い声で告げる。

「まさか。おまえだけ、特別だ」

——何だと？

その表情とセリフに不覚にも一瞬引きこまれ、鼓動が乱れた。慌てて視線をもぎ放して表情を引き締めたが、この男は確かに凄腕の別れさせ屋かもしれないと心の片隅で思ってしまったのは事実だ。その気がないはずの自分ですら、これほどまでに魅了するほどの何かがある。

小柳は自分の魅力を熟知しているような甘い表情のまま、悪戯《いたずら》っぽく告げてきた。

「カバとでも関係を持つことは可能だが、正直、好みではない相手と寝るのは遠慮させてもらってる。普通なら男には女性をあてがう。ターゲットの行動範囲や行動パターン、趣味などの情報をできるだけ詳しく入手し、その情報に応じた接触を行い、甘い恋愛関係や肉体関係を築く——」

「だったら、どうしてそうしなかったんだよ。接触してくるなら、俺よりもデカい男より、美女のほうが大歓迎に決まってるじゃないか」

相手が小柳ではなくて自分の好みの女性だとしたら、同じように罠にはめられたとして

も自業自得とあきらめられそうな気がする。自分の下心が招いた結末だと。

だが、小柳はこともなげに言った。

「おまえがホストだからだ」

「え？」

「おまえがホストである限り、他の女と寝ているところをユミちゃんに暴露《ばくろ》したとしても、別れるとブチ切れるほどの強いショックを与えられると思うか？　客商売だから仕方がないと諦めまじりに受け入れ、さらに熱を上げる可能性もある。だから、おまえから別れてもらうように仕向けるしかなかった」

「なるほど。ずいぶんと熟慮《じゅくりょ》した結果ということか」

矢坂は皮肉たっぷりに言い返す。

「そもそも別れさせ屋って、どんな仕事してんだよ？」

「いくつかある。恋のライバルを蹴落とすために、別の相手を近づける。離婚する条件を有利にするために、相手に浮気をしてもらう。元の恋人と復縁するために、今付き合っている相手と別れさせる。——別れさせるだけじゃなく、うまくいくための手伝いもする。出会いの接点を作り、相手の好みをリサーチし、全面的にバックアップして、幸せな恋愛関係に発展させる」

「えげつないな……。慰謝料をがっぽり取るために、わざと相手に浮気させたりするだなんて」

「ただし、うちは依頼があっても、意に沿わない仕事はしない。詳しく事情を説明してもらい、独自の調査も行って、納得できる依頼のみ引き受ける。ただ一つだけ言えることは、浮気をするような男や女は、もともとそういうタイプだってことだ。工作員が接触しなくとも、いずれ機会さえあれば浮気する」

何となく、小柳の言葉にもうなずけるところがあった。

「だったら、ユミと俺を別れさせるだけじゃなくって、政略結婚相手との仲を実らせてやればいいじゃないかよ」

新しい煙草に火をつけながら言うと、小柳は棒付きキャンディをしゃぶりながら返した。

「残念ながら、そのことは依頼されていないんだ。頼まれてもいないのに、余計な仕事はしない」

「だったら、俺が依頼すればしてもらえるってことか」

予期せず漏れたつぶやきだったが、考えてみればそれはいい手かもしれないとふと思い直した。

オーナーが何か工作するよりも先に、ユミと政略結婚相手が婚約してしまえばいいのだ。

しかし、大きな問題があった。

「……依頼する金がない」

正直なつぶやきとため息が、矢坂の口から漏れた。

多額の借金を負ってオーナーに買われた身であり、生活するためのギリギリの給金しか渡されていない。ホストとしての身だしなみを整えるためのスーツや靴などは、現物支給だ。

客からのチップやプレゼントなどは全て店に提出しろとオーナーからは命じられており、そのほとんどは巻き上げられるが、ごく稀《まれ》にそのチェックをかいくぐるものがあり、それらを換金してどうにか毎月の不足分を穴埋めしているような状態だった。どう考えても、プロの探偵に頼むだけのまとまった額は準備できそうにない。

「金がないんだったら、話にならないな」

小柳にあっさり返されて、それもそうだと苦笑まじりにうなずいた。世間の世知辛《せちがら》さは身に染《し》みている。自分がこの男にされたことはこの際、犬に噛まれたと思って水に流してもいいから、オーナーの件で依頼したい気持ちが強かったが、報酬なしで働いてくれというのはどだい無理な話だ。

「当然だな。つまりおまえは、俺が現れたという知らせを受けて、追い払いにやってきたってことか。ユミとは別れた。この場からは消えてやるから、あの日、撮影したデータは消せ。――おまえに相談したいこともあったが、いずれ金が準備できるようなことがあったら、頼むかもしれない」

煙草を揉み消し、矢坂は立ち上がった。いろいろとモヤモヤは消えないが、とりあえず先日のことはすっぱり忘れることに決める。だが、歩き出そうとしたとき、同じタイミングで立ち上がった小柳が正面に回りこんだ。

「飲みに行かないか」

何のつもりで誘われたのか理解できず、矢坂はポカンとして立ちつくす。だが、そんな誘いに乗るつもりはなかった。

「おまえ、俺と一緒に飲みに行って何をしたのか、覚えてないのか?」

「ん?」

思いきり冷ややかな声で嫌味たっぷりに言ってやったのに、小柳は完璧に澄まし返っている。

酔っぱらった自分をホテルに連れこんだことを、まさかこの男は本気で忘れているんじゃないかと不意に不安になりつつも、矢坂は吐き捨てた。

「おまえみたいな危険なやつと、くつろげるかよ」

酔い潰されて、また同じ目に遭わないとも限らない。
——それだけは勘弁《かんべん》。

あの日、心と身体に刻みこまれた屈辱と悦楽を忘れることはできないし、二度と味わう気にもなれない。

だが、小柳と一度、腹を割って話してみたいような思いも心のどこかに存在していた。オーナーのところに来て以来、矢坂はずっと友人すら作れずにいた。店のスタッフの中には、オーナーのスパイがいると噂されている。悪口など言おうものなら、すぐにオーナーに呼び出され、ボコボコに殴られると。

小柳に自分の身の上話などをするつもりはなかったが、この風変わりな男に対する興味は少なからずあった。

人あたりのいい笑顔の裏に、どんな素顔が隠されているのか知りたくなる。小柳が自分に向けてくる関心のようなものの正体は何なのか知りたいし、悔しいがこの男が不思議と気になる。

だが、矢坂は小柳の誘いをすげなく断った。

「これから、店だよ」

茶色の長めの髪を、指先で掻き上げる。白金台の風景に小柳は見事に馴染んでいたが、自分はそうではない。光沢のある黒のスーツを身につけ、髪型やピアスもホストそのものだ。

そろそろ、店に戻ってもいい頃合いだろう。

ユミのマンションの前で張りこんでいたら、警察に通報されて追い払われたと言えば、オーナーは一応納得してくれるはずだと目算があった。このまま店をサボって、小柳と飲むことなどできるはずがない。

それでも、小柳の誘いに心を残していると、尋ねられた。

「店はいつまでだ？」

「朝方……。客がいつまでいるかによるけど、四時か五時ごろ」

「だったらそのころ、迎えに行く」

「本気かよ？　おまえ、そこまでして俺と飲みたいわけ？」

矢坂は思わず表情を和らげた。

そこまで小柳が自分に合わせてくれるのだったら、訳のわからない相手だけど、付き合ってやってもいい。

「だけど、飲みに行く金がない」

先日、小柳に連れこまれたホテルで財布をなくしていた。タクシー代などは店のチケットが使えるからいいが、現金は残り少ない。

小柳はポケットから、チラリと見覚えのある財布を取り出して見せた。あの日なくした矢坂のものだ。矢坂の目が大きく見開かれた。

「おまえっ……！　返せ」

「飲みについてきたら、返してやる」

小柳は素早く財布をポケットに戻した。

矢坂はすぐに取り返すことは諦めて息を吐き、小柳を冷ややかに一瞥《いちべつ》して背を向ける。

帰りは地下鉄を使うことにして、駅に向かった。小柳と一緒にいると、ガラにもなくムキになる。落ち着いて対処できず、奇妙なモヤモヤが胸に満ちた。

——あの野郎……。

腹が立つ。だが、それ以上に気になる。無視できない不思議な魅力のある男だと認めないわけにはいかない。

だが、わざわざ朝方まで待って飲みに行こうと誘うのは、自分にいったいどんな話があるというのだろうか。

——あいつ、もしかして本当にゲイ……？

矢坂を犯したとき、男相手は初めてだと言っていた。それが嘘とも思えないでいたが、まさか自分としたことで目覚めたなんてことはないだろうか。

——そんなバカな。

矢坂はゾワワッと鳥肌を立てる。

だが、これほどまでに誰かのことが気になるなんて久しぶりだった。ずっと心が麻痺《まひ》したような状態だった。小柳のことを考えるだけで苛つくし、何だか落ち着かない気分になる。

やってきた地下鉄に乗りこみ、矢坂はドアにもたれかかって考えた。

金はないが、犯された仕返しとしてあの男を上手に利用してやれないだろうか。

——どうにか、あいつを巻きこむ手はないかな。ユミと政略結婚相手を成婚させる工作にはもってこいなんだけど。いっそユミの親が金を出して、小柳に依頼してくれればいいんだが。

だがそのことをユミの親に入れ知恵しようにも、憎い自分の提案を聞き入れてくれるとは思えなかった。かといって、オーナーの餌食《えじき》にするのは気の毒だ。

何気に小柳と飲みに行くのを楽しみにしている自分に気づいて、矢坂はハッと表情を引き締めた。

〔三〕

ユミのマンションで張りこんだあと、店に戻って仕事に専念していた矢坂《やさか》は、ようやく最後の客を笑顔で送り出した。さらに片づけやミーティングを済ませて裏口から外に出たのは、夜も白々《しらじら》と明けてくる時刻だった。

小柳《こやなぎ》が果たして自分と飲むために待っているのかと、あまり期待せずにぐるりと周囲の路上を見回す。少し離れたところに、目立たない車が停まっているのに目を止めた。別れさせ屋が張りこみをするのだったら、このような車を使うんじゃないかと目星をつけ、確かめるためにその車に向かう。あと数歩というところまで近づいたところで、運転席の窓がするすると開き、小柳の顔がのぞいた。

「やぁ」

そう言って微笑んだ小柳は、爽《さわ》やかさすら感じさせた。

矢坂はいつでもハンサムすぎる男の顔を、いかがわしいものを見るように眺めた。

「本気で飲みに行くつもりか?」

客と盛りあがり、金を使わせるためにもかなり飲んでいる。ただ立っているだけでも、ぐらぐら世界が揺れるほどだった。もともと愛想がいいほうではないから笑顔を作るのに疲れ、ひどく無愛想《ぶあいそう》な顔になっている。

このままアパートに戻ってぐっすり眠りたい気持ちもあったが、小柳の不敵に輝く目は矢坂を逃がしてくれそうもない。

「おまえと飲みに行くために、今まで待ってたんだろうが」

小柳は車を路肩《ろかた》から出し、鮮やかにバックを決めて矢坂の真横にピタリと停めた。手を伸ばせばすぐ届くところに助手席のドアがあったが、矢坂はどうしようか一瞬悩んだ。自分が狼《おおかみ》の罠にうかうかとはまる仔羊ちゃんであるはずはなかったが、この車に乗りこむのは危険すぎるのではないかと考えたからだ。

「早くしろ。誰かに見られるぞ」

押し殺した小柳の声が聞こえた途端、反射的にドアを開いて助手席に乗りこんでいた。だが、よく考えてみれば小柳と一緒にいるところを見られたところで、何の問題もないはずだ。

小柳にオーナーのことを探ってもらうような仕事を依頼するのなら別だが、金の算段《さんだん》がつくはずもなかった。

また騙されたような気持ちになって、矢坂はシートベルトをしながら運転席の小柳にうろんな目を向けた。

小柳は運転しながら、器用に棒付きキャンディの包装紙を剥き、口にくわえた。かなり待ったのか、運転席の回りには包装紙が散乱していた。

車は狭い歌舞伎町の路地を、ゆっくりと走っていく。始発が走り始めて、間もない時刻だった。

世間とは生活する時間が逆転しているのを自覚しながら、矢坂は酔った頭を冷やすために少しだけ窓を開けた。

「どこに行くつもりだ?」

「六本木《ろっぽんぎ》に、二十四時間営業しているバーがある。そこに行こうと思っていたが、別の場所のほうがいいか?」

「うち。もう眠い。送ってくれ」

小柳の車には乗りこんだものの、金もないのに誰かに頼ろうとするのはバカげたことだと仕事中に冷静になってもいた。誰にも心を許すことはできない。

車に揺られているうちに、矢坂はうつらうつらしてしまう。そのまますっと眠りに落ち、気がつけば誰かに背負われてどこかに運ばれているところだった。

——あれ? この展開はどこかで……。

矢坂は朦朧としながら、デジャブを覚えて記憶をたぐり寄せる。先日、酔いつぶれて小柳にホテルに連れこまれたときだ。こんなふうに、ひどく頼りがいのある男の背に揺られていた。

それに気づいた途端、矢坂はビクッと震えて目を覚まさずにはいられなかった。

「……っ！」

やはり、小柳に背負われていた。まだ外だ。錆《さ》びついた鉄の外階段に見覚えがあるような気がして、ここはどこだと焦って考え、自分の住むアパートの二階に向かうところだとようやく気づいた。

いつもと視線の位置が違うから、すぐには気づかなかったのだ。

――まさか、うちに送ってくれてるとこ？

小柳に自分の住所を告げたつもりはなかったが、ユミの件で接触する時にあらかじめ調査していたのだろう。職場からそう遠くないことと、家賃が安いことだけが取り柄《とえ》の、老朽化したボロアパートだ。小柳は矢坂の部屋のドアの前で立ち止まると、声をかけてきた。

「鍵は？」

「下ろしてくれ」

言うと、小柳は矢坂の身体を丁寧に廊下に下ろす。

矢坂はふらつきながら立ち上がり、決まりが悪くて髪を掻き上げた。

家まで送れ、というのは単なる軽口であって、小柳がそれを正面から実行するとは思っていなかった。矢坂を手玉に取るようなところがあるくせに、こんなふうに素直に言うことをきかれると調子が狂う。

矢坂はキーホルダーを取り出しながら、少しためらった。小柳とこのまま別れてしまうのは惜しいような気がする。オーナーのことを相談するつもりはなくなっていたが、少し話がしてみたくなった。

「寄ってく？　安酒しかないけど。——あ、車か」

「車は近くのコインパーキングに入れておくから心配ない。あとでうちのスタッフに回収させるから、飲むのはかまわないが」

小柳の口元に、してやったりというような笑みが浮かんだ。それを隠そうとはしない。また自分が小柳に上手に操られたようで苦々しく思う。

この男は目当ての女の家に上がりこむときに、いつもこんな手を使うのではないだろうか。ホスト顔負けのテクニックだと閉口したが、いやいやこいつも女を口説くプロだと思い直す。

今さら帰れと態度を変えるのも大人げない気がして、矢坂は無言で部屋の中に入った。

小柳がアパートの前に停めてあった車をコインパーキングに入れてから、戻ってくる。部屋にはあまり物がないせいで、いつでもそこそこ片づいていた。ここに来る前までの荷物は、引っ越すときに全てオーナーに処分されていた。

「適当なところに座ってくれ。焼酎《しょうちゅう》と発泡酒、どっちがいい？」

コップと氷を準備しながら、矢坂は小柳に尋ねる。小柳はちゃぶ台の前に座りながら、物珍しそうに部屋の中を見回した。

「焼酎」

「ウーロン割りでいいか？」

「ああ」

矢坂はウーロン茶のペットボトルも冷蔵庫から取り出し、ちゃぶ台まで運ぶ。つまみはさきいかとポッキーだった。

小柳は近くに読みかけで伏せてあった雑誌に、目を止めたらしい。

「経済誌、今でも読んでるのか？」

矢坂はちゃぶ台の反対側であぐらを掻きながら、軽く肩をそびやかした。

「このホスト風情《ふぜい》が、って思ってるんだろ」

学生時代から購読していた雑誌だ。仕事を辞めてから手に取ることはなかったが、時間潰しにふと入った書店で見つけ、久しぶりに買ってみた。ほんの一年しかブランクがないはずなのに、世界は大きく変わっていた。少しでもレールから外れると、そこに戻ることがひどく難しいと思い知らされる。自分とはすでに違う世界のようだ。

「前の仕事が懐かしいか?」

軽くグラスを合わせて乾杯をした後に囁かれ、この男に前職も何もかも知られているかと思うと、嫌な気持ちになる。

「いや。別にどうでもいい。目が覚めるたびに、株価をチェックしなければならない生活はこりごりだ」

地方の名家の出身であり、子供のときには頭がいいとちやほやされた。だが、浮気ばかり繰り返しては母を泣かせる父とは昔から折り合いが悪く、決して親の仕事は継がないと心の中で決めていた。当然、大学を卒業しても家には戻らなかったが、父は息子が仕事を辞めてホストになったことを知っているのだろうか。

母の葬式に出るために三年前に帰ったのが最後で、それからは電話さえすることはない。

矢坂は小柳が作ってくれたウーロン割りを薄いと判断して、焼酎をどばどば注ぎ足した。ぐらぐらするほど酔ってはいたが、実家のことを思い出しただけで、ひどく鬱屈《うっくつ》した気持ちになる。素面《しらふ》ではいたくなかった。

「どうして総合商社を退職した……?」

小柳の声が誘うような響きを帯びた。心を許してはいけないと思いながらも、その目にじっと見つめられると何でも話したくなる。ホストになってから、誰にも打ち明け話をすることなどなかったからなおさらだ。

露悪《ろあく》的に自分の過去を打ち明けることで、疼きはじめる胸の傷をいっそひどくえぐってもらいたいのかもしれない。

「おまえは何でも知ってるんだろ」

「俺が知っているのは、事実関係だけだ。おまえの心の中までは調べられない」

知っていてとぼけているだけなのではないかという気持ちもあったが、この男に何もかも知られているのなら、隠す必要はないと開き直った気分になれた。

矢坂はため息とともに、吐き出した。

「女だよ」

冷えた焼酎を、ぐっと飲み干す。ただ強いだけの安酒だ。胃のあたりが鈍く痛む。

「――女結婚詐欺師に惚れて、二千万という借金を背負わされ、ホストとしてオーナーに買われることになった。俺が守ろうとした女はいつでも、守りきれないか、俺の守りなど必要としてない」

母を守りきれずに死なせてしまった後悔が拭えない。その分だけ心底惚れた彼女を大切にしたかった。母を呼び寄せるために、学生時代からちまちまとバイトで貯めた貯金も、全て彼女に注ぎこんだ。

彼女に去られたときから、矢坂は抜け殻だった。

ユミを守れば、今度こそ自分はほんの少しだけ何かを成し遂げたような気持ちになれるのだろうか。毎日、客から金を巻き上げるような仕事をしているというのに。

矢坂はグラスの外側についた水滴を、指先でなぞりながら言った。

「ずっとオーナーに支配されてきた。オーナーが言うことは絶対で、逆らうことは許されなかった。……だけど、あいつはユミの家の財産までハイエナのようにむさぼりつくそうとしている。そのために、ユミと結婚しろと俺に命じてきた」

小柳に話すつもりはなかったが、自分が抑えきれない。

小柳のことを、信用しすぎてはならない。この男は得体が知れないし、探偵の中にはヤクザとつるんでいるような輩もいると聞く。小柳がそんな一人だったとしたら、依頼主であるユミの親を裏切ってオーナー側に乗り換えることもするかもしれない。そんな可能性もあるにはあったが、不思議と小柳には何でも話していた。

「オーナーというのは、おまえのホストクラブのオーナーか？」

部外者に情報を漏らしたことをオーナーに知られることがあったら、どんな報復を受けるかと考えただけでも身体が震えたが、この際だ。矢坂は全てぶちまけることに決めた。

「そう。暴力団の舎弟だというオーナーだ。あいつはユミの家の財産を奪おうとしている。だけど、そんなことはさせたくない」

矢坂は小柳に、今までの事情を詳しく語っていく。自分がユミと別れても終わりではなく、別のホストを差し向けて、ユミを口説こうとするだろうという推察も口にした。

「なるほど。整合性もあるし、調べたところ、おまえのところのオーナーならそれくらいしそうだな。だが、俺にそんな情報を提供してくれるのは、どうしてだ？　ユミのことが、本当は好きなのか？」

小柳に問い返され、矢坂は苦笑しか漏らせなかった。

ユミのことで感じるのは、自分のような下らない人間の歓心を買うために多額の金を注ぎこんだことへの申し訳なさだけだ。

「ユミのためじゃない。自分の中の罪悪感に耐えきれなくなっただけだ。……俺は当分、誰も好きになれそうにない」

ホストとして色恋営業をしながらも、矢坂の心は寂寞《せきばく》として乾ききっている。心の空虚を埋めたいのに、仕事をすればするほど乾いていく。そんな自分をこの機会に変えたかった。

「……ユミを助けたいと思うのは、単なる俺の自己満足にすぎない。ユミの家が俺のせいで丸裸になったら、目覚めが悪い。それだけ」

　小柳にだけは、不思議と本心が語れた。

　不意に凍りついた感情が動き、涙腺《るいせん》がジンと痛くなった。だが、小柳に涙を見せるのはプライドが許さず、矢坂は咳払《せきばら》いをしてそっぽを向く。

「どんな形でもいい。ユミの親に危険が迫っているのを伝えて欲しい」

「だが、俺が依頼されたのは、おまえとユミちゃんを別れさせるところまでであって、他のホストがユミちゃんに近づこうが、知ったことじゃない。その二人を別れさせろと新たに依頼されたんなら、ともかく」

　小柳にやんわりと言い返されて、矢坂は絶句した。飲みに誘われたのは、ユミの親から依頼された仕事のからみもあるのだと思いこんでいたが、そうではなかったのだろうか。

「だったら、おまえの仕事はすでに終了しているのか？」

「そういうことになるな」

「なのにどうして今日、俺を待ってたんだよ？」

「おまえという人間に、興味が湧いたからだ」

小柳はうそぶいて、ポッキーをくわえた。

「意外と男の身体は良かったし、反応も悪くなかった。それに、つつくと噛みついてくる狼ちゃんが可愛くて、また酔い潰してキスしようとする下心？」

「再会したときに、おまえをまずは殺しておくべきだったよ」

低い声で返してから、矢坂は焼酎をあおった。

すでにぐらぐらだ。

なのに飲み続けてしまうなんてこの男に対して隙《すき》を作るだけだとわかっているのに、止められない。

この男が頼りにならないとわかったからには、一人でどうにかするしかないだろう。役に立たない探偵から、せめて必要なノウハウを聞き出しておくことに決めた。

「だったら、おまえには頼らないことにする。ただ、知らない相手の住所とかを調べるのはどうしたらいいのか、やり方だけ教えてくれないか」

「具体的には、誰の住所だ？」

「ユミの政略結婚相手。オーナーよりも先に、やっぱりそいつとくっつけるしかないだろうという結論に達した。ユミはメンクイだから、その相手をそれなりに磨ければ、気にいるかもしれない。知ってるか？　相模原昭伍《さがみはらしょうご》って男」

「知ってはいるが……」

小柳は微妙な顔をした。

その表情から、矢坂は嫌な予感を抱かずにはいられない。グラスを置き、煙草に火をつけながら、尋ねてみた。

「もしかして、磨いても無駄って感じの男か？」

「まぁな。ユミちゃんの好みからはほど遠い感じだろうが、恋というのは不可解だからな。やるだけやってみてもいいんじゃないか。相模原昭伍の住まいが知りたいのか？」

「そう。親のデパートの広報部長というところまでは突き止めたんだけど、それ以上は無理だった。いっそ、職場に張りこんで尾行すればいいのかな」

「おまえの風体《ふうてい》でデパートの従業員通用口に張りこんでいたら、すぐに警備員がやってくると思うぜ」

「ん？」

「ホストかチンピラにしか見えないからな」

「……そんなのはいいから、住所を調べる方法をとっとと教えろ」

「企業秘密だ。だが、礼次第で代わりに俺が調べてやってもいいが」

そう言うと、小柳は不穏な笑みを浮かべた。絶対に何かを企んでいる顔で矢坂の顔面を睨《ね》め回し、とりわけ唇に視線を集中させる。

——何だ……？

何を要求されているのかおぼろげに推察できた途端、背筋にゾクリと鳥肌が走った。男だから当然、身体を狙われるなんて事態に慣れていない。落ち着かなくて、やたらと煙草を吸ってしまう。

それから煙草を揉み消し、空になったグラスに焼酎の大きな容器から直接注ぎ足す。割ることはなく、ストレートで飲むことにした。ようやく、多少は落ち着いて言葉を発することができた。

「まさか、身体で払えってことか？　おまえ、自分はゲイじゃないって言ってたじゃないかよ」

「ああ。今だけの特別サービスだ。そこらの男に興味はないが、おまえのその生意気なツラを歪めることだけに興味がある。なんでこんなに気になるのか、その秘密を解かせてもらえないか。その実験のためなら、多少の労力を払うぐらいは何でもない」

「俺の身体が、相模原の住所の情報に匹敵するってことか？」

それは安いのか高いのか、矢坂には判断のしようがなかった。

「自分の酔狂《すいきょう》さに、自分自身で一番驚いてるよ。——どうする？　これは単なる気まぐれだ。おまえに断られたら、この提案は取り消す。おまえは相模原昭伍に近づけずに手をこまねくか、他の情報屋に高い金を出して依頼するしかなくなる」

思いもしなかった選択肢を突きつけられて、矢坂は眉を寄せた。

先日、この男にされた行為を思い出しただけで、身体が落ち着かなくなる。誰と寝ようが、勿体《もったい》ぶるほどのものではない。ほんの一晩、我慢すればいいだけだ。そうすれば欲しい情報が手に入る。

だが、さすがにそれは勘弁してもらいたかった。小柳に抱かれ、またあんな体験をさせられたら、二度と元の自分に戻れなくなるような気がする。

それほどまでに、小柳との体験は衝撃的な出来事だった。

「……やっぱり無理。おまえと寝るなんて」

悩んだあげくに油を絞られているガマのように汗を流しながら言うと、驚いたように小柳が身じろぎした。

「寝る？　寝てくれるのか？」

「え？　寝るんじゃないのか」

互いの要求が噛み合っていなかったのを知って、矢坂は眉を上げる。

小柳はくすくす笑いながら、口説くような目を矢坂に向けた。

「俺が要求したのは、唇だ。それ以上して欲しいなら、もちろんそっちでもいいが」

「冗談…だろ…っ！　この……変質者……っ！」

誤解した自分が恥ずかしくなって怒鳴ると、小柳はますます目を輝かせた。

「あの晩の、……おまえの罵りが忘れられない。あそこまで嫌がられたのは、生まれて初めてだ」

「嫌がられるのが好きなら、そこらのオヤジでもベッドに誘ってみればいい。途端に、ぶん殴られるぜ」

女性が相手なら小柳の誘いは通用するだろうが、さすがに男にまでは無理だろう。

小柳は極上の笑みを浮かべた。

「残念だが、俺がキスしたいと思う男は、おまえだけだ」

いくら相手にすまいと思っていても、その殺し文句には否応なしに鼓動が跳ね上がる。

何しろこんなにいい男すぎるのがいけない。

反応してしまったのを隠すためにも、矢坂はとびきり冷ややかな表情を浮かべた。

「どうする？　キスならいいと妥協しないか？」

小柳がちゃぶ台を回りこむように、少し上体を乗り出してきた。

寝るのは勘弁でも、キスぐらいならいいかと思えてくるのが不思議だった。減るものではない。ほんの数秒間我慢すれば、代わりに必要な情報が手に入る。

「——だったら、妥協してやる」

思いきり嫌だという態度を漂わせつつも、矢坂はしぶしぶうなずいてみせた。

小柳の手玉に、また取られてしまったような苦々しさがつきまとう。いきなりキスを切り出されたら拒絶しただろうから、まずは寝ることだと思いこませておいてからキスに軽減したのではないだろうか。

それは、単なる思い過ごしに過ぎないのか。

小柳が承諾を受けて、矢坂の頬を手のひらで包みこんだ。

キスされると思っただけで、矢坂は固まってしまう。ホストとしてキスなど、毎日のようにしているはずなのに。

「——おまえからキスしてくれ。客にするような濃厚なやつをたっぷり」

挑発するように囁かれて、矢坂は腹を決めた。

完全に割り切ってしまえば、仕事でするようなキスができるはずだ。

——だったら、やってやる。

感情などを交えない、とびきりクールなキスを。

矢坂は膝立ちになり、小柳のほうに屈みこんだ。

この間の夜は不意打ちだったし、酔ってもいたから、完全に主導権を握られた。だが、今日はそうはいかない。小柳が別れさせ屋というのなら、矢坂だって売れっ子のホストだ。そのプライドにかけてもたっぷり官能的なキスをして、小柳を腰砕《こしくだ》けにさせてやりたい。そうすれば、この前の雪辱《せつじょく》は晴らせるはずだ。

小柳の高い鼻を避けるために首を傾げ、唇を自分のほうから押しつける。男の唇は女性のもののように甘くなかったが、男同士の背徳的な行為をしているという後ろめたさがあるのか、触れただけで全身にぞくっと甘い痺れが広がった。

何度か唇を触れさせたり離したりして触れ合う感触をたっぷり味わってから、誘いこむように開かれたその口腔内に舌を押しこんでいく。

矢坂のペースだったのは、そこまでだ。舌と舌とがからまるまでの、ほんのわずかな間——。

次の瞬間、小柳の肉厚の舌に矢坂の舌は深くからめとられていた。それだけで、今までとは比較にならないような生々しい疼きが下肢を直撃する。

ズキンとペニスが硬くなる感覚に狼狽して唇を離そうとしたが、そのときにはすでに後頭部に小柳の手がしっかりと回されていた。肩を抱きこまれ、舌の表面を擦り合わせるように動かされて、ぞくぞくと甘い疼きが下肢まで伝い落ちていく。

「く、ふ……っ」

一瞬だけ唇が離れた拍子に、思いがけず甘ったるい声が漏れた。それすら計算ずくで離したのかもしれないと思わせるような甘いキスだった。主導権を取り戻せずにいる間に唾液をすすられ、口腔内の隅々《すみずみ》まで舐めとられていく。

自分とキスをしているのが男だということを、その舌の力強さや顎の強靭《きょうじん》さからも思い知らされずにはいられなかった。次々と与えられる刺激に、頭が溶けていく。

「……っむ」

舌の裏から歯茎《しけい》の隅々まで、小柳の舌は伸びた。思ってもいなかったところに刺激を与えられ、あふれ出した唾液が小柳のものと混じる。とろりとたまったそれを呑みこめば、不思議と甘く感じられた。

小柳の舌と触れている部分に、全身の感覚が集中していく。あの夜と同じだ。自分が自分であることを見失い、ただ狂わされていった夜――。

唇から全身を小柳にからめとられ、ぞくぞくとした快感に支配されていく。腰の奥がじいんと熱くなり、いっそ手を伸ばしてこの男と寝てしまいたいような思いすらするほど、矢坂を惑わせるキスだった。

あの夜の忘我の快感が蘇る。

だが、唇が離れた拍子に流れ落ちた唾液の感触が、矢坂を現実に引き戻した。どうにか唇をもぎ離すと、唇との間で唾液の長い糸が引いた。

矢坂は拳で乱暴に唇を拭う。それでも掻き立てられた体内の疼きは消えないし、呼吸の乱れを隠すこともできない。

手を口元に押しつけたまま、矢坂は小柳をにらみつけた。

「キスはした。これで、相模原の住所を調べてくれるんだろうな」

「ああ」

少し紅潮した顔面に舐めるような視線を向けられ、その落ち着かなさに矢坂はそっぽを向いた。

「見るな」

「そう嫌うな。俺はこんなにも、おまえのことが気になってたまらないというのに」

小柳は甘い眼差しを矢坂に注いでくる。

だが、警戒感を露わにしていると、小柳は苦笑を漏らし、グラスを置いて立ち上がった。

「じゃあ、また。――相模原の住所がわかったら連絡する」

「どれくらいかかりそうだ?」

「三日以内」

「わかった。連絡してくれ」

矢坂は店の名刺を取り出し、その裏に携帯番号を記して渡す。

小柳はそれを受け取り、姿を消した。

うまく手伝わせることはできたようだが、小柳を巻きこんだのは良かったのか、間違った判断だったのか、その後も悩まずにはいられなかった。

*

それから三日が経過したが、小柳からの連絡はない。いっそあれは自分の唇を奪うための口実だったのかと腹を立てながら、矢坂は朝方に仕事を終え、新大久保《しんおおくぼ》に借りている安アパートに帰った。

鍵を開けて玄関を見ると、そこに見慣れない靴が置かれているのに気づいた。上等な革靴だ。鍵の掛かっている家に無断で入るような輩を、一人だけ心あたりがあった。

——小柳だ。

今日が約束の三日目だった。小柳だとは思うが、一応そうではない場合に備えて、玄関にあった傘《かさ》を武器として手につかみ、矢坂は足音を殺して奥の和室に向かう。玄関を開けてすぐがキッチンで、その奥に六畳の和室というシンプルな間取りだった。

奥の和室に通じる襖《ふすま》を静かに開く。

カーテンは出勤前に閉じていたが、完全な遮光《しゃこう》カーテンではないために、部屋の中はほのかに明るい。

小柳はどこだと見回した途端、矢坂はぐっと息を呑んだ。

押し入れにしまってあったはずの布団《ふとん》が敷かれ、誰かが眠っているようなふくらみがあったからだ。

——まさか、俺の布団で勝手に寝てる……？

あまりの傍若無人《ぼうじゃくぶじん》さに警戒も吹き飛び、傘を置いて足音荒く布団の頭のほうに回りこんだ。掛け布団に埋もれて眠っていたのは、やはり見覚えのある美男だ。

明らかな不法侵入だった。いっそ警察に通報してやろうかと考えながら、横向きでぐっすり眠りこんでいる横顔を矢坂はしばらく見下ろしていた。

どうしてこいつはこんなにも馴れ馴れしいのだろうか。それほどまでに自分は心やすい相手だとでもいうのか。

矢坂は気持ちを取り直し、靴下をはいたままの足を上げて、そのハンサムな横顔に遠慮なくのせた。ぐっと重みをかけながら、低い声を浴びせかける。

「人の部屋で、いったい何をしている」

「……ん？」

狸《たぬき》寝入りではなく、本気で眠りこけていたのか、小柳がようやく目覚めたように身じろいだ。それから薄く目を開き、頬の足をそのままに矢坂を見つけてかすかに微笑む。それから寝ぼけた声で言った。

「どうして、俺はおまえに足蹴《あしげ》にされてるんだ」

「俺の部屋で、勝手に寝ているからに決まってる」

足を下ろすと、小柳は気持ち良さそうに布団の中で腕を伸ばした。

それから、大切に抱えこんで眠っていたらしい茶封筒を差し出しながら、上体を起こす。

「頼まれていたものだ。直接、渡そうと思って」

ある程度の厚みがあることを不審に思いながら、矢坂は生温《なまあたた》かいそれを受け取った。

「俺が頼んだのは、相模原の住所だけだ。その報告など、電話かメールで簡単にしてもらえるものだとばかり思ってたんだが」

携帯に連絡が入るものだと考えて、ずっと気にしていたのだ。おかげで、客の一人が何かを誤解して機嫌を損ね、なだめるのが大変だった。

「それには複雑な事情があってね。まずは、その写真を見てくれ」

言われて、矢坂は部屋の隅に置かれていたちゃぶ台の前に座りこんだ。カーテンを半分くらい開けると、朝の光が眩《まぶ》しいほどに差しこんでくる。

無地の封筒の中から、Ａ４サイズの報告用紙とともに写真が出てきた。それに目を留めた途端、矢坂は息を呑んだ。

——オーナー……？

どこかの地下の駐車場らしき場所で、オーナーが誰かと親しげに話をしている姿が写っていた。一緒にいるこの男が、相模原だろうか。写真から情報を読み取ろうとしていると、小柳が布団を二つに畳《たた》んでから、写真をのぞきこんできた。

「この男が相模原。頼まれたのは住所だけだったが、相模原の顔写真も特別にプレゼントしようと思ってね。そいつのマンションの地下駐車場に張りこんでいたんだ」

カバと酷似《こくじ》している男を、小柳は指先で指し示した。

「そしたら、何だか訳ありの雰囲気だった。まともじゃない相手とお付き合いしているようだったから、撮影したんだ」

「これがうちの店のオーナーだよ。ユミの財産をかすめ取ろうとしている張本人。何でオーナーが相模原と会っているんだ？」

何だか頭が混乱してくる。ちゃんとこの情報を整理しておかなくてはいけない気がして、矢坂は頬杖《ほおづえ》をついて考えこんだ。

だが、ふと動きを止めて小柳を見る。

何事もなかったような顔をされていたが、先ほどのふるまいをこのまま無視していいのだろうか。

「おまえのところは客に報告書を渡すときに、無断侵入をするのか」

このボロアパートの鍵などヘアピン一つで簡単に開けられそうだが、方法ではなく倫理的な問題だ。

「客にはしないが、おまえにはどうしてか、親しみをこめた行動をしたくなる」

「今度したら、通報するからな」

矢坂は冷ややかに言い捨て、渡された報告書にあらためて視線を戻した。

相模原昭伍の住所と電話番号、携帯番号。さらに学歴や経歴などの基本的な情報が記されている。

三十二歳。都内の三流大学を卒業後、親の老舗百貨店に就職し、営業から始まって、バイヤー、広報など社内のいくつかの部門を担当。現在は広報部長。趣味はクラシック鑑賞、ゴルフと釣り。

矢坂がその書類にざっと目を通したのを見て、小柳が口を挟んだ。

「典型的なぼんぼんだな。仕事はさほどできるほうではなく、実務は部下に任せっきりのお飾りの広報部長だ。大手広告会社に女優を抱かせろと無茶な要求を突きつけたこともあり、要注意人物として密《ひそ》かにブラックリスト入りもしている。社内でもいくつか、女性関係のトラブルも起こしていた。賭博《とばく》にも手を染めているらしい」

「結婚相手としては、最悪か。そのうえ、この顔」

矢坂は深々とため息をついた。見れば見るほど、カバに酷似している。これではメンクイのユミに嫌われるのも無理はないだろう。カバでも抱けると小柳が豪語していたことを思い出し、仕事としてなら相模原も抱けるのかと確認してみたい思いがムラムラとこみあげてきたが、脱線している場合ではないと思い直す。

——相模原をユミの好みに磨き上げようと思っていたけど、これでは無理か。

中身だけでも良かったら、それなりに努力しようと思えるだろうが、今の報告を聞く限り、人間として好きになれない。

だが、相模原とオーナーが会っているというのはどういうことなのだろうか。矢坂は写真をもう一度眺めた。考えを整理するためにも、声に出してつぶやく。

「二人が接触しているってことは、オーナーは自分の店のホストをユミに差し向けるのではなく、相模原に直接取り入る作戦を取ったってことか」

最近、オーナーは矢坂にかまわなくなっていた。

「地下の賭博場で知り合ったようだな。ヤクザがよく使う手だ。まずは相手にいつでも返却はいいからと金を貸し付けて、身動きできない額にふくれあがってから本性を見せ、相手をなすがままに操る……」

「……だったら、まずは相模原のところの財産をがっぽりいただこうってオーナーは考えているのか?」

「残念ながら、うまい話はそういっぱい転がっていない。相模原というオーナー一族が株式の大部分を握っている老舗百貨店だが、内実は火の車だ。土地や建物など、あらゆるものが二重、三重に担保に取られている。その危機を救うために、ユミちゃんとこの企業との提携を切望し、それに全てをかけている」

「だとしたら、ユミのところの会社にとって、今回の提携はお荷物を背負いこむだけであまりうまみはないってことか?」

「ユミちゃんのところの企業は、老舗の看板とその販売網が欲しいんだよ。もちろん、提携話が持ち上がる前に、相模原の百貨店の経営状態を詳しく調査している。だが、死《し》に体《たい》の百貨店は大事な福の神様を逃さないためにも、違法すれすれの会計操作でその借金を隠《いん》蔽《ぺい》することにした」

「だったら、相模原の百貨店の経営状態の詳しい資料をユミの親に叩きつけたら、その場で政略結婚はなかったことにならないか？　もともと金目当ての結婚だろうし」

別れさせ屋にしては、小柳の情報収集能力は大したものだと、矢坂は舌を巻く。これが本当だとしたら、ユミの親の企業でさえ知らない情報を手にしたことになる。

「そう簡単にはいかないのが問題だ。表のルートからでは、どこを探っても出てこないような裏の金が流れこんでる。相模原の百貨店は、とある暴力団のフロント企業を通じて、株と引き換えに多額の融資を受け入れたんだ。その暴力団はおまえのところのオーナーが関わっている組と同じ系列だ。その暴力団が相模原を食いつくすのは時間の問題だろうから、オーナーはその組に配慮して、そこが手をつけていないユミちゃんとこの金をもらおうとしているんだろうな」

「……な……」

思わぬ事態に、絶句するしかない。想像以上にとんでもない状況にあるようだ。

小柳は涼しい顔をしていた。

「報告はここまでだ。相模原昭伍の住所だけ調べろと依頼されたわりには、よく働いたと思わないか。お礼として熱烈なキスを、追加でいただいてもいいくらいだが」

小柳の軽口に罵りを返す余裕すら、今の矢坂からは失われていた。

——すごくまずくないか？

だが、小柳の報告を頭から信じてもいいものだろうか。まずはその前提が気になった。

「おまえの話はどこまで信用できる？」

にらみつけるようにして尋ねたが、小柳は余裕の笑顔を崩さない。

「全部だ。だが、無条件に信じろと言ってるんじゃない。裏を取るつもりなら、まずは相模原の百貨店の株式を調べてみろ。ここ一年の間に株を取得した大口の株主は、暴力団のフロント企業ばかりだ。もちろん、慎重に身元を隠してあるから、警察の暴力団関係の部署しか、その情報を握っていないだろうけどな。もちろんその資料は部外秘で、おまえが電話で問い合わせても教えてくれるはずがないが」

「だったら、裏を取れないってことじゃないかよ」

矢坂はため息をつく。

だとしたら、今は小柳の調査を信じるしかない。

暴力団が関わっている事柄に介入したくなかったが、さすがにここまで聞くと見て見ぬふりもできない。

「この先の調査を頼んだら、どれだけ金がかかる？」

矢坂は小柳に尋ねた。どうにか金を掻き集める方法はないか、頭の中で算段していた。

客に店の外で会ってもらい、貢いでもらうしか手はないだろうか。店とプライベートの区別はしっかりつけられるつもりだったが、この際他に方法はない。しかし、そのことがオーナーに知られるようなことがあったら、大問題になる。

「調査を依頼するつもりか、文無《もんな》しが」

辛辣《しんらつ》な口調ながらも、小柳の雰囲気は柔らかいままだった。調べろとも言っていないことをここまで調べてくれたからには、この先の調査も交渉次第でやってくれそうな気もした。

「ああ。オーナーが相模原昭伍に近づいてユミの家の財産をむしり取るつもりなら、それを阻止したい」

「何のために?」

小柳がやんわりと聞き返す。

その言葉に、矢坂は少し考えてから答えた。

「……ユミのためじゃない。俺のためだ。これ以上、オーナーに好き勝手させるわけにはいかないからな」

「おまえの雇い主に牙《きば》を剥く気か?」

「自分に牙があるってことすら、ずっと忘れてたんだ」

小柳はその言葉に、かすかに微笑んだ。その笑みを受けて矢坂も苦笑いする。小柳と顔を合わせていると、不思議と勇気があふれ出すようだった。やれるだけのことはしてみたい。だが、小柳はすっと笑みを消し、矢坂に告げた。

「ユミちゃんの親からの依頼があったときに、おまえのことを一通り調べた。過去におまえが騙された結婚詐欺師は、オーナーの女だと知っていたか」

「なっ……」

思いがけない情報に、矢坂は足元の地面が揺らぐほどの衝撃を受けた。

彼女とオーナーがつながっているなんて考えたこともなかった。大きな借金を背負わされたその最後に、オーナーは現れたのだ。あちらこちらに債権が渡った結果だと思っていたが、もともとオーナーが仕組んだのだろうか。

小柳は矢坂の心のかさぶたを、無遠慮に引き剥がしていく。

「オーナーは女を使って世間知らずのぼんぼんを騙し、借金でがんじがらめにして、その財産を乗っ取る方法を好んで使っていた。たいていはいいなりになって金をむしり取られたようだから、おまえはそれに抵抗しようとした数少ない一人だろうな。その代わりに、ホストクラブに身売りすることになったが」

信じられない事実が暴かれていく。

オーナーのやり方には時折、反発を覚えずにはいられなかったものの、廃人になっていた矢坂に生きる道を与えてくれたような恩義もどこかで感じていたのに。

「あいつを信じてたのか?」

小柳の問いに、矢坂は少し考えてからうなずくしかなかった。

「少しはね。空っぽだった俺に、女から金を巻き上げるという目的を与えてくれた恩人みたいなつもりでいたよ」

だけど、仕事で接してきた客たちのほうに矢坂は少しずつ癒されていったのかもしれない。情をかけてくれる女性たちに凍えきった心は次第に温められ、人として生き返っていった。

「だけど、全てをオーナーが仕組んでいたのだとしたら、オーナーは恩人ではなく、俺を転落させた張本人ってところか」

深いため息が漏れる。こんな突然の話を信じてもいいのだろうか。オーナーに対する気持ちが整理できずにモヤモヤする。それより気になるのは、オーナーの女という彼女のことだ。思い出すたびに、胸がまだキリキリと痛む。

「彼女は——俺を騙した結婚詐欺師は、まだ同じ仕事を続けているのか」

どうしても気になって聞くと、小柳は一瞬押し黙った。言おうかどうしようか悩むような顔を見せてから、矢坂の厳しい表情を眺めて口を開く。

「……別れ話のもつれで、男に刺されて死んだ」

「死んだ……」

一瞬、頭の中が真っ白になった。すぐには、その事実が頭の中に入ってこない。

「それなりに大きく報道されていたが、知らなかったか？　三ヶ月ほど前だ」

「知らない」

顔色が蒼白《そうはく》になっているのがわかった。

夜に働く生活をしていたから、ろくにニュースを見ていない。またろくでもない詐欺を仕掛けて、それで恨《うら》まれて殺されたのだろうか。

そんな矢坂の前に小柳が一枚の新聞の記事のコピーを置いた。写真は不鮮明だったが、彼女の面影は確かに残っている。矢坂に名乗っていたのとは違う、刑事から告げられた本名で事件は報じられていた。

結婚詐欺をしており、逆恨みした被害者に滅多《めった》刺しにされて殺されたそうだ。

不意に、呼吸の仕方を忘れてしまったように息ができなくなった。二度と顔を合わせることはないと思っていたが、それでも大きな目標を見失ったような、どこかに全身の力が消えてなくなるような絶望を覚える。

――そう……か。

何をどう考えて良いのかわからない。まだ残る胸の痛みを、このままだとどう解消していいのかわからない。

呆然と小柳を見るしかなかった。一時期は世界と引き換えにしてもいいと思うほど、愛しいと思った女だ。のぼせあがり、たわいもなく騙された。目を閉じると、彼女の声が耳元で蘇る。

『……アサト』

小刻みに震え出した矢坂を、小柳は正面から腕を伸ばして抱き寄せた。

「いいから、泣け」

――泣け……?

泣くことなんてない。頭が真っ白で彼女の顔が思い出せない。さっき見たばかりの新聞記事の写真すら、別人のもののように思える。全身にこもった力が抜けずにいたが、小柳の体温が伝わるにつれて、痺れるような感覚がその部分から広がり、じわじわと涙があふれそうだった。

だけど、小柳の胸で泣くつもりなどない。なのに、不意に喉の奥が塩辛《しおから》くなり、こみあげてくる嗚咽《おえつ》が殺せなくなる。小柳の肩に顔を押しつけられた途端、ぶわぁああっと涙が一気にあふれ出した。

「……っ」

激情のままに、矢坂は泣いた。何で泣いているのかわからない。憎しみしか残っていないはずだ。なのに彼女の記憶の断片が、驚くほどの鮮やかさで蘇ってきては、胸を詰まらせた。

涙はいつまでも止まらない。ずっとこのまま、涙は永遠に止まらないのではないかとすら思った。

小柳がいたわるように、矢坂の背を撫でてくれる。他人の体温がこれほどまでに胸に染みるのは、久しぶりだった。

涙が涸《か》れ果てるほど泣いた後で、少しずつ気持ちが落ち着いてくる。矢坂は気恥ずかしさを覚えながら、小柳の胸からゆっくり顔を離した。

「……悪い」

ワイシャツは涙でぐしょぐしょだ。鼻水はすごいし、目が赤く腫《は》れている。大の男にこんなふうにしがみついて泣かれて、小柳はどう思ったのだろうか。決まり悪く思いながらも、まずは鼻をかんだ。

——だけど、おまえがさせたんだからな。

矢坂は無言のままキッチンに向かい、ざぶざぶと顔を洗った。顔をタオルで拭きながら、焼酎の瓶をつかんで近くにあったコップに注ぐ。

清めとばかりに一気に空けた。生ぬるいが強い酒が、一気に食道を落ちていく。

さらにもう一杯飲もうとすると、キッチンの入り口に立った小柳が尋ねてきた。

「これからどうするつもりだ?」

「え?」

「相模原昭伍の住所を調べて、ユミちゃんとうまくいくためのノウハウを伝授するつもりだったんだろう? 相模原とオーナーがつながっているのがわかったからには、ユミちゃんに相模原を近づけるわけにはいかないからその手は使えない。他に、何か考えているのか?」

矢坂は立ったまま、グラスを傾けて考えこむ。

酔いもあるのか、頭がボーッとしていてなかなかいい考えが浮かばなかった。

相模原はあのままだったら、ユミとうまくいかないだろう。それでもオーナーが出てきたからには、是《ぜ》が非《ひ》でも政略結婚を成立させる勝算でもあるのだろう。

——どうにかして、オーナーの企みを阻止する方法は……。

「おまえのところのオーナーを、どうにかするしかないだろうな」

矢坂と同じことを考えていたのか、小柳が言った。

その声に、矢坂はドキッとして小柳を見た。

「どうにかするって、どうやって？」

たった三日で相模原のことやオーナーのことについてこれだけの情報を仕入れた小柳だ。何かいい方法を知っているのだろうか。

「ユミちゃんとの結婚をブチ壊し、なおかつ俺とおまえへの報復を防ぐ方法は一つだ。オーナーの今までの悪事を暴けばいい。警察もやつには目をつけているらしいが、決め手となる証拠に欠けているようだな。だが逆に一度崩れたら、余罪が山のように出てくるだろう。当分はムショから出てこられなくなる」

「つまり、オーナーが捕まるような証拠を手に入れればいいのか？　どうやって？」

「いくらでも方法はあるだろ」

その言葉に、矢坂の胸は騒いだ。

オーナーに対抗するなど不可能だと考えていたが、小柳の力を借りればあながちそうではないかもしれない。だが、オーナーを敵とする恐怖が拭えない。この一年間、矢坂はオーナーの恐ろしさを思い知らされてきたのだ。殴られた痛みが、骨身に染みている。

——小柳を、どこまで信じられる……？

オーナーは暴力団の舎弟だ。小柳に依頼して探らせようとしていることを知られただけでも、とんでもない報復を受けるだろう。警察に提出するような犯罪の証拠を集めていると勘づかれるようなことがあったら、下手をしたら殺される。矢坂の実家の両親も、無事ではいられないかもしれない。

矢坂は信じていいのか見定めるために、小柳に目を据えた。

だが、危険なのは小柳も一緒だ。金も払えず、客ではない矢坂のために、どうしてそこまでの危険を冒してくれるのか理解できない。

矢坂は声を押し出した。オーナーを敵に回す緊張のあまり、全身が冷たく強張《こわば》ったままだ。

「おまえに、……そんな力があるとは思えない。オーナーは狡猾だ。おまえなどすぐに見つかって、締め上げられて俺を裏切るに決まってる。金も払えない俺のために、本気になるつもりなどないんだろ?」

「俺が信じられないのか?」

微笑み交じりに言われて、八坂は思わずキレて怒鳴った。

「当然だろうが……っ!」

小柳が自分に向けてくる歓心が理解できないままだ。

キス一つの報酬で相模原のことをこんなに詳しく調べてくれたり、恐ろしい相手を平然と敵に回そうと提案してくる。リスクを負う小柳に対して、矢坂がせめて払えるのはこの身体だけだ。

だが、同性である以上、それがどうしてもしっくりこなかった。これほどの美男だから、寝る相手に不自由しているわけではないだろう。だとしたら、矢坂に性的な関心があるというより、他に目的があるのではないかと勘ぐってしまいそうになる。

その理由がわからないうちは、全面的な信頼を置けるはずもない。

そのとき、二人の間の緊張を破るように、小柳が笑った。

不思議なほど澄んだ目が、まっすぐ心まで斬りこんでくる。

「俺にも、おまえに関わりたい理由ってのはわからない。ただおまえを見ていると、どこか放っておけない気分になるだけだ。そのままにしといたらおまえ、勝手に暴走して、東京湾に沈められそうだもんな。見捨てておけないというか。しっかりしているように見えて、意外とボケてる。自分の得にならないことに一生懸命なくせに、保身の意識が欠けてる。そんなおまえを、単なる気まぐれで守りたくなった」

――守りたいだと……？

小柳の声が、矢坂の鼓動を大きく乱した。

自分が母親や婚約者やユミを守りたいと思ったような同じ気持ちで、小柳は自分を守りたいと思ったというのだろうか。しかも、気まぐれに。

——バカな。俺は男だぞ。

思わず失笑した。

なのに、自分の過去とその言葉が重なることで感情が異様なほど昂ぶり、目頭《めがしら》がジンと熱くなっていく。

誰かに守られるのは、心地良かった。それがたとえ気まぐれでも何でもいい。心の弱い部分が、その温もりに癒されていく。

だが、女詐欺師を信じて裏切られた過去が矢坂に歯止めをかけさせた。あれ以来、誰も信じずに生きてきた。このような甘言を信じて、破滅するわけにはいかない。オーナーを敵に回すには、慎重すぎるほど慎重でなければならないはずだ。

矢坂は唇を強く噛みしめてから、小柳をにらみつけた。

「俺には、おまえに依頼するだけの金はない。客たちとプライベートで付き合っても、すぐに入手できるのは五十万かそこいらだ。それだけでは到底《とうてい》足りないだろう。それとも、後払いにでもしてくれるのか」

小柳を突っぱねようとしているのに、それでも心がすがりつきそうになる。何より目が能弁で、小柳から視線が外せない。

さきほど心に触れた小柳の温もりが消えないままだ。守りたいと言われたことが、胸に痛いような疼きを宿らせている。

そんな矢坂に、小柳が言った。

「ヤクザの腹を探るのは難しい。やつらは野性の嗅覚《きゅうかく》に優れているし、むしろ危機を回避できるだけの力を持った者が、生き延びることができる世界だ。下手に素人がやつらを探ろうとしたら、すぐに勘づかれて締め上げられる」

だけど、小柳はそのリスクをさほど気にしていないように見えた。自分なら大丈夫だと言うつもりなのだろうか。金はないと、はっきり言ったはずなのに。

これ以上、オーナーの下で動いていたくなかったが、やはり自分一人だけの力ではオーナーに立ち向かえる気がしない。オーナーを潰そうとしても、どこから何について調べていいのか、見当もつかない。

「金は後払いでいい。……とある条件を果たしてくれれば」

ほくそ笑むような声の響きに、矢坂は嫌なものを読み取った。

「どんな条件だよ……?」

その答えを知っている気はしたが、やはりそのようなものと引き換えに危険な調査をしてくれるとは思えなくて、危ぶみながら小柳の返事を待つ。

小柳が柔らかく微笑んだ。

「おまえの、身体」

想像していた通りのセリフを綴られ、ケッと盛大に舌打ちしたい気持ちと一緒にゾクリとした痺れが背筋を貫いた。

この男に押し倒され、身体を思うさま嬲られた悦楽の記憶はまだ生々しい。あんなのは二度とごめんだと思っていたはずなのに、心のどこかでまた同じようなことをされることを期待している自分がいる。矢坂は自分の心境にとまどっていた。

「どうする？」

小柳が距離を詰めてきたから、避けようとして壁に背が触れた。逃げるなら今のうちだとわかっているのに、矢坂は彫像のように凍りついたまま動けない。

壁と小柳の身体の間に縫い留められ、両手を顔の左右に突かれて逃げ場が失われる。すぐそばに小柳のハンサムすぎる顔があった。

「っ！」

髪の間に指が差しこまれ、そっと撫でられて痺れるような感覚が広がった。矢坂が逃げようとしていないことを読み取ったのか、小柳は吐息がかかるぐらいに顔を寄せて囁いた。

「了承ってことでいいか？」

「おまえに……何の得がある……っ、こんな報酬で」

喘ぐように矢坂は言った。納得できない。

いくら物珍しいセックスができたとしても、たった一晩だけだ。済んでしまえば、それで終わる。それと引き換えに、危険を冒すなんて小柳の気が知れない。

「理由など後でいくらでも考えろ。したいだけだ。おまえとな」

――したいだけ……？

小柳の言葉にたまらなく煽られた。憑きものが落ちたような気分になる。だったら、してみればいい。

前回の記憶が身体に火をつけた。自分とは思えないほどに乱され、喘いだ忘我の夜の記憶が。

小柳の手が矢坂の頬に伸ばされた。触れられたところから、ぞくぞくと淡い刺激が広がっていく。

まずは愛しそうに顔を寄せられ、唇をそっと塞がれた。

矢坂の唇の弾力や柔らかさを全て読み取ろうとするように、何度も位置をずらされては唇の隅々までなぞられ、その執拗さに息が上がる。キスだけでとろとろに溶かされて立っていられなくなったころ、和室に誘導された。小柳が少し前まで眠っていた布団の上に押し倒される。筋肉がしっかりとついた小柳の男っぽい身体の重みが、全身にずしりと伸しかかってきた。

前回のように抵抗する気持ちはなかったから、同じように酩酊していても少しだけ余裕が持てるはずだった。だが、これから小柳に抱かれるのだと考えただけで、とんでもなく鼓動が乱れ、のぼせあがっていく。

スーツの上着を脱がされただけで、ネクタイはそのままでシャツの上から胸元をまさぐられた。すでに尖っていた乳首が小柳の指に引っかかり、いきなりの刺激にすくみ上がる。甘い声が口をついて出た。

「ぁ、……くっ」

だが、それに気を取られている余裕すら与えられないほど、乳首への濃厚な刺激が次々と襲いかかってきた。

服の上から親指で両方の乳首を円を描くようにマッサージされただけで、じんわりと性器に熱がこもっていくような快感が腰を疼かせる。たっぷり乳首をこね回されてから人差し指の爪を立てるようにコリコリと嬲られ、さらにつまんで布地ごとぐにぐにと引っ張られていると、それだけで下肢が熱くなり勃ち上がるのを自覚した。

「く、……っ」

早くも興奮しすぎている自分のボルテージを下げるために、矢坂は軽く首を振り、理性を取り戻そうとする。

だが、小柳はそんな矢坂をさらに追い詰めるべく、両方の乳首の硬い粒を絶え間なく刺激してくる。自分で触っても何ともないはずなのに、触れられるたびに息を呑むような刺激が走る。この男の手には、魔力でも秘められているのではないだろうか。

乳首を弄られているだけでも、矢坂は平然とした表情を保つことが難しくなった。

「前回よりも敏感になっているようだな。一人でここを弄ったりしたか？　そのとき、俺にされていることを想像してみた？」

「誰が…ァ、……そんな…こと…っ」

「してない？」

「する……はずない…！」

その返事にかすかに笑って、小柳が矢坂の上で身体の位置を下にずらした。不意に乳首ににじわっと生温かい感触が広がり、矢坂はビクンと跳ね上がった。

見上げると、シャツの上から小柳が唾液を滴《したた》らせている。

アンダーシャツは着ていなかったから布一枚しかなく、べっとりと布地が濡れると乳首が透けたようになる。その形をよりハッキリ際だたせるかのように、小柳が指先で濡れた部分をなぞった。

べったりと張りついた布越しの焦れったいような刺激に、腰がぞくりと疼いた。

「っン」

さらに乳頭部分を残してその回りを円を描くように弄られているだけで、頭が真っ白になるような気持ち良さに溺《おぼ》れていく。硬くなっていくばかりの乳首を、直接嬲って欲しくて、全神経が自然とその部分に集中する。乳首のことしか考えられなくなっていた。

そんな矢坂をなおも焦らしまくってから、ようやくネクタイが抜かれる。シャツの裾がパンツから引き出され、ボタンを外されて乳首を剥き出しにされると、唾液が外気に冷えてひんやりとした。

「すごく尖ってるな」

小柳が胸元をそれぞれの手でやんわりと包みこんだ。親指の腹が突起に押し当てられ、ぐりっと左右同時に押しつぶされた途端、待ちかねた直接の刺激に息を呑むような甘い痺れがそこから広がっていく。

「っぁ、……っンンン……ッ!」

脳天まで鋭い刺激が走って、背筋がビクンと反《そ》り返った。さらに引き締まった胸筋を揉みこむように四本の指が動くと、その指の動きに合わせて乳首に押し当てられた親指に力が入ったり抜けたりする。

ほどよく筋肉のついた胸筋をマッサージするように四本の指が動くたびに乳首がぐりぐりと弄られて、矢坂は悶《もだ》えずにはいられなかった。

「可愛いおっぱいが、ツンツンだな」

小柳が親指を外し、左の乳首に顔を近づけていく。

唇でされると思っただけで、その期待に呼吸が乱れるほどだった。ツンと尖りきったところをいきなり甘噛みされて、痛み以上の悦楽に息を呑まずにはいられない。

「っは……っ！」

しかも、その責め苦は一度きりでは終わらない。過敏な反応を示すのが楽しいのか、何度も強く弱く楽しむように噛まれて、矢坂はたまらず小柳の頭を抱きこむように両腕を回していた。

「……そこ……っ、もう……やめろ……」

それでも制止できずに噛まれて身体がのけぞり、足まで小柳の腰にからみつけていた。

小柳の腰と熱くなった下肢が擦れ、今日もまた早々に下着を濡らしてしまうかもしれないと、熱に浮かされた頭の片端でたまらなく恥ずかしく思う。

噛んだだけで終わりではなく、小柳は痛みを与えた代償のように舌と唇で硬く尖った突起と、その周囲の色づいた部分をぬるぬるといやらしく刺激していく。

痛みの後だけに、そこは敏感に張りつめていた。舌で舐めずられているだけで、腰が浮き上がるほどの快感にのけぞりそうになる。突起が疼きでいっぱいになった絶好のタイミングでまた歯を立てられ、痛みと悦楽が一緒になって全身に襲いかかる。たまらない快感に、悲鳴のような声が漏れそうになるのを懸命にこらえるしかなかった。だが、すでに全身の反応を抑えこむことは不可能だ。

「はぁ、……はぁ、……っあ、……ぅぁ」

限界まで硬くなった性器にも刺激が欲しくて、せがむように腰を動かしてしまう。

小柳の手がようやく、矢坂の股間にも伸びてきた。ジッパーを下げられ、触れられただけで射精しそうになっていたそれが、無造作に外に引き出される。

「あ…っ…、ぉあああ……っ……」

強い衝動に腰を引く。歯を食いしばることでどうにか抑えこもうとしていた。

深呼吸もしてみたが、それを握った小柳の手にゆっくりと擦り上げられただけで、全ての努力は無駄なくらい、強烈な射精欲が這《は》い上がってくる。

「つあ、っ……ぁ、あ……っ！」

身体がのけぞった。

イク、と思ってその衝動に全てを委ねようとしたとき、小柳の指が矢坂の性器の根元にきつく巻きついた。達しようとする衝動を物理的に阻止されて、血液が逆流するような感覚に矢坂は切れ切れの悲鳴を漏らす。

「っひ、……やだ、……っはな……っ!」

大きく全身が痙攣した。だが、小柳に上から押さえこまれていて、もがく身体を固定される。

「くっ…っああっ…」

どんなに暴れても小柳の指は外れず、矢坂は全身がバラバラになりそうな快感の嵐が過ぎ去るのを、のたうちながら耐え忍ぶしかなかった。

ようやく矢坂の身体から力が抜け、少しだけ落ち着く。それを待って、小柳はペニスにかけた指の動きを再開させた。

「っン……っ」

先端のくぼみに指先を突き立てられただけで、そこにたっぷりたまった蜜がくちゅっとあふれ出した。そのぬめりを指先で広げられていく。

指が蠢くたびに、矢坂は濃密な快感に喘がずにはいられない。だが、それにどっぷり浸るには、さきほどの責め苦が矢坂を警戒させた。

「何で……っ、……邪魔……すんだよ……っ」

自分の身体が自分のものではないほど、過敏になっている。ペニスをただ指でなぞられただけで、息を呑むほどの電流が駆け巡る。ずっと絶頂ギリギリの快感にさらされ続けていた。

小柳はからかうように微笑んだ。

「まだ終わらせるには、早かったから」

「なっ」

「童貞《どうてい》じゃないんだから、もう少し我慢できるだろ。耐えれば耐えるほど、気持ち良くなる。それくらい知っているだろうが。俺と寝て、すごく悦かったことだけ身体に刻みこめ」

焦らされればそれだけ悦くなることを知っているだけに、反論できない。

指が動くたびにそこから広がる忘我の快感が、頭を白く染めていくようだった。

「すごく……熱くなってるな。ほんの軽く擦っただけで、どんどんあふれてくる」

手の動きを止めないまま囁かれ、矢坂はその感覚に全てを支配されていく。

予期しない刺激を受けるたびに、腰が震える。幹をしごくだけではなく、先端部分を手のひらで転がすようにもてあそばれ、蜜を塗りこまれて悦楽が腰を溶かしていく。

そちらに意識を奪われていると、小柳の舌が不意に乳首をぬるりと舐めた。

「う……っ！」

「そう。もっと、声を出せ。こういうときのおまえの声や表情は絶品だな」

囁きとともに乳首を噛まれて引っ張られ、同時に性器を握りこんだ指でカリの下まで擦り上げられる。その刺激によって、尿道口からとろりと蜜が押し出された。

乳首をたっぷり嬲った後で、小柳が身体の位置をもっと下げて、腰に顔を埋めたのがわかった。

「っぁあ、あ……っ！」

先端にぬるっと舌がからんだだけで、つま先まで硬直しそうになる。さらにその敏感な部分の隅々まで熱い舌が這い、蜜をすすり上げられるのだからたまったものではない。

「っは……っぁ、ン、ふ……ぁあ！」

ビクビク脈打つ性器を、根元まで口腔内にしっかりとくわえこまれた。じゅるっと唾液をからめられ、唇でしごき上げながら抜き出され、また戻される。時折尿道口にことさらねっとりと舌を這わされると、泣き声まで出そうになった。

だが、すぐにイかせてくれるつもりはないらしく、達しそうになると刺激が弱まり、ひたすらとろ火で炙るように焦らされる。それが繰り返される。

もはや我慢も限界でイかされたくてどうしようもなくなったころ、小柳の手が太腿を内側からグッと開かせた。その狭間に指が触れてくる。

小柳に抱かれると覚悟していたつもりでも、さすがにそのあたりに触れられただけで身体が硬直しそうになった。

だがペニスをじゅるっと唇でしごきながら抜き出され、その刺激に全身の力が抜けたタイミングで、指が中に突き立てられる。

そのスピードは焦れったいといってもいいほどで、矢坂は入れられる感覚を嫌というほど味わわされる羽目になった。

「っん、……あ、……ッンふ……」

その違和感に、どうしても襞がひくつく。押し出そうと締めつける襞を指で掻き混ぜられ、ビクンと腰が跳ね上がった。

「……っ」

同時に小柳の口が硬く張り詰めている性器を、根元までくわえこんでいく。唾液をからめてそれをしごかれ、動きに合わせて体内を掻き混ぜられると、近い二ヶ所からの不快感と快感が入り交じり、小刻みに太腿が震える。矢坂は中の感覚が次第に気持ち良いだけのものに変化していくことにとまどった。前回は、もっとずっと嫌悪感があったはずだったのに。

「っん、……っふ、ぅ……っ」

中を行ったり来たりする指と、ペニスをゆるゆると嬲る舌と唇の感触しか考えられなくなっていく。全身で受け止めている快感のボルテージは上がる一方だ。ぶるっと痙攣が腰を走り抜ける。

溶けていく身体の中で、何か確かな感覚を得たくて襞に力をこめ、小柳の指をひくひくと食い締めた。唇は開きっぱなしで、甘い声しか漏れない。こんなにも気持ちがいいのに、まだ一度も達していないなんて信じられなかった。全身に快感がつめこまれていて、はち切れそうだ。

そのとき、さらに指が増やされる。括約筋をぐぐっと押し広げられ、その感覚に怯えて反射的に力がこもった。だが、あやすように性器の先端の蜜を舌でこそげ取られた。

「く――」

その濡れた感触に力が抜ける。その隙に指は二本とも矢坂の体内に潜りこみ、みっしりと内側からの圧迫感が加わった。詰めこまれた指がバラバラに中で動くと、それだけでも達しそうになる。

息を吐くだけでも、二本の指を詰めこまれた部分がビリビリ響くようだった。

不快感よりもすでに快感が圧倒的に勝っている。

そのとき、中で指が大きく動いた。

「っぁ…あ…っ！」

まだその大きさに慣れてはおらず、全ての感覚がそこに集中した。息を呑まずにはいられない。

ゆっくりと指が引き抜かれ、元の位置まで押しこまれた。そのたびに強烈な摩擦と圧迫感に襞が灼《や》ける。何度も抜き差しを繰り返されて、少しずつ身体が開いていく。

「っぁ、……っふ……っ」

そのとき二本の指が動きを止め、中を広げるようにぐっと開いた。そこから体内に冷たい外気が忍びこんだような感触がして、ぞくぞくとする快感が体内を駆け巡った。

「……っは……」

自分の身体が指二本よりも開いていることで、そこにもっと大きなものが入ることを頭の中で思い描く。

身体が芯からジンジンと疼き、乳首が硬くしこっているのがわかった。自分の身体が、小柳のものを受け入れるために変化していることを意識する。指を閉じられ、さらに指を増やされた。その圧迫感が、苦しいのに気持ちがいい。中を弄られるたびにそこから全身が溶け落ち、もっと大きな刺激を求めて昂ぶっていくのがわかる。もどかしさばかりが詰めこまれた。

いつの間にか、小柳の口は性器から離れていた。刺激は後孔にしか加えられていないというのに、指が蠢くたびに明らかな悦楽が駆け巡る。そこは淫らな性器と化していた。

そのとき、小柳の指が乳首をそっとつまんだ。指を擦り合わすようにして刺激され、襞がきゅうと指を食《は》む。乳首を弄るのに合わせて指を抜き差しされ、吐息が漏れるぐらい感じた。その感覚をもっと強くしたくて、矢坂は自分から欲しがるように腰を揺らした。

「んっ」

そのたびにぞくぞくと、生々しい快感がペニスに流れこむ。まだ慣れず、それだけで達するには少し足りない刺激だった。小柳に乳首を転がされるたびに、その感覚がジンジンと中に響く。小柳は指の動きを止めてしまったから、中が疼いてならない矢坂は絶え間なく腰を揺らさずにはいられない。

「ツン、……っん、ふ……っ」

小柳にされる前までは、後孔を弄られるなんて死んでもごめんだと思っていた。

なのに、こんなことになっている自分が信じられない。

腰を止めようとするたびに小柳が乳首をひどく引っ張るから、自分から小柳の指を抜き差しするために腰を動かさずにはいられない。絶頂近い身体は、ひたすら快感を集めて達するために暴走していた。

そうなると、後はもうとどめを刺してもらうことしか考えられなくなっていた。

体内の指を渾身の力で締めつけると、乳首をつまみ上げられてねじられる。そのちりっとした痛みが甘い快感と化して、身体を狂わせていく。

「中、……そんなにも気持ちいい？　最初は嫌がってばかりだったのに。俺の指、めちゃくちゃ美味《おい》しそうにしゃぶってるな」

小柳にこれほどまでに淫らな腰の動きを全て見られていると思うと、頭が灼ききれそうなほど昂ぶった。

「……っふ……」

身体を支配する淫欲《いんよく》は増すばかりだ。

大きく足を広げられ、その間に指を突き刺されている。矢坂は自分から腰を動かして、その指をしゃぶりまくる。

気持ちがいいところがあって、そこにあたるように淫らに腰を回さずにはいられなかった。

どれだけ淫らな顔をさらしているのかわからないまま、ただ絶頂だけを追い求める。

そんな矢坂の乳首をつまんでは転がしながら、小柳が囁いた。

「イったら、ご褒美《ほうび》に俺のをぶちこんでやる」

小柳に犯されることを想像した途端、熱い興奮が身体を貫いた。矢坂は性器に触れられることなく、ついに絶頂へと到達した。

「つぁ、……つぁ、あ……ッン、……つぁあ……っ！」

ガクガクと腰が痙攣し、尿道が灼けるような感覚とともに、大量の精液が腹や胸にまでまき散らされる。焦らされていた分、その解放感は強かった。

射精が収まっても、放心するあまり息を整えることしかできない。薄く目は開いていたが、焦点も合わずにいた。目尻を生理的な涙が伝っていく。

なのに、身体の芯が燻《いぶ》されたままだ。普通なら射精と同時にすうっと性欲が消えていくはずだったが、小柳が残した言葉によってまだ終わりではないという認識があったからかもしれない。

矢坂の腹や胸に飛んだものの後始末をしてから、小柳が素早く服を脱いでいく。

小柳の身体は男らしく引き締まり、無駄な肉がなかった。矢坂はその動きを目で追う。

膝の裏に小柳の手があてがわれ、二つに折られて足を大きく開かされた。なおも熱く疼く後孔に硬く張り詰めた性器が押し当てられる。

「……っ」

密着した襞からそれの熱さと硬さが伝わり、前回、犯されたときの狂おしいほどの圧迫感を思い出して、おじけづきそうになった。前回にそれが入ったのが奇跡のように思えて、あまりの大きさに逃げ出したくなる。

だが必死に耐えて、意図的に深呼吸をしたとき、その先端が大きく入り口を割り開いた。

「——っぁああ……っ！」

達したばかりなのが良かったのか、力があまり入らない体内をずぶずぶと一気に貫かれていく。

中を強烈に押し広げられる感覚に焦りが広がり、どうにか阻止しようと身体に力を入れようとしたが、小柳の逞しいものの前では無駄な抵抗でしかない。どこにどう力を入れていいのかわからないでいるうちに、奥へ奥へと突き立てられていく。

「……っん……」

あまりの充溢《じゅういつ》感に、矢坂は表情を作ることすらできず、ただ喘ぐしかなかった。

根元まで入れられ、隙間なく密着した襞が小柳のペニスの熱に灼かれる。じゅくじゅくと甘ったるい刺激がそこから全身に広がる。痛みがあまりないのが、不思議でならなかった。

小柳のものはゴツゴツしていて、特に先端の張り出した部分が襞を内側から強く押し広げていた。身じろぐだけでも、襞全体から伝わる刺激に酔いそうになる。

乳首がひどくしこり、ジンジンと痺れる。射精したばかりの矢坂のペニスも萎《な》えることなく、熱を孕《はら》み始めていた。

その大きさに慣らすように、小柳がゆっくりとした動きを始める。

「吸いつくような、絶妙な感触だな」

小柳が少しずつ動きを大きくしながら、矢坂の中をくまなくペニスでなぞっていく。

「……っん、ふ……っ」

痛みこそないものの内臓まで圧迫されるような感覚が消えず、動かれるたびに小さく息を漏らさずにはいられなかった。

へその裏あたりに、ひどく感じるところがある。そこをゆるりとえぐられるたびに、息を呑むような刺激が走り、腰がビクッと跳ねた。

——気持ち……い……っ。

やんわりと広がる快感に身も心も委ねていると、小柳が矢坂の膝をつかみ、身体の前で一つに合わせて、そのままぐっと体重を前にかけてきた。

「ッ……ぁああ!」

身体をくの字に折られ、尻が浮きそうなほどに曲げられる。真上からの突き刺さるような動きを受け止めた途端、下肢から快感が広がった。

「……っ！」

大きく身体が跳ね上がる。

足を抱えこまれたことで、感じる部分を嫌というほど集中的にえぐりたてられることになったらしい。

小柳の大きな長いものがそこを圧迫しながら根元に押しこまれるまでの間、ずっと感じる部分が当たりっぱなしだった。矢坂は果断なくその電流が走るような刺激を受け止めることになった。

「っあ、……っぁ、……あ」

ようやく根元まで入れられ、少しだけ身体の力が抜けたが、身じろぎしただけでもみっしりと入れられたものが擦れて、飛び上がりそうな刺激が広がる。抜き出されるときにも、たっぷり弱点をえぐられることになった。

「っぁああ、……あ、……ッン、……っぁ、あ……っっ」

ガクガクと腰が揺れる。

強すぎるこの感覚から逃れようにも、腰が半ば浮いた姿で固定されているから、矢坂に

逃げ場はない。中をひくつかせながらも狂おしい悦楽から逃げることはできず、ひたすら受け止めるしかなかった。

中の抵抗を味わうように小柳が腰を使うたびに、たまらない刺激に体の奥までひくつく。乱れた呼吸が漏れ、奥まで入れられるたびにその慣れない感覚が怖くて、拒むように締めつけずにはいられない。より深い悦楽を求めて暴走する身体に、気持ちがついていかない。

「……っぁあ!」

浅く何回か突いてから深くえぐられる動きにリズムを崩され、途中からただ小柳の思うがままに揺さぶられるしかなかった。

ガクガクと腿が震え、また次の絶頂がやってくるのがわかる。

「イクか?」

小柳に尋ねられ、うなずくと同じリズムで体重をのせて突きまくられた。

駆け巡る快感が身体の奥で大きく膨れあがり、一気に弾けた。目の前でまばゆいものがスパークする。きつく締めつけた小柳のものが、体内でぐぐっと圧力を増した。

「っぁ……っ!」

余韻にひくつく襞の奥に、白濁が注ぎこまれる。中で熱く広がっていく感覚に、身体がジンと痺れる。

意識がぼんやりと薄れていく。

しばらくは、呆然と天井を見ていることしかできなかった。

＊

拡散していた意識がようやく戻り、息がどうにか整ってきても、全身が鉛《なまり》と化したように自分からは指を動かすのも億劫《おっくう》だった。

全身が熱を帯びたままだ。性器や乳首や唇が小柳にむさぼられた記憶を宿し、胸に温もりが残っている。

こんなのは初めてだ。一度自分がバラバラになって、再構成されたような。

「洗ってやろうか」

小柳が簡単に後始末してから、矢坂の髪を手で掻き上げて額に口づけた。抱かれる前より、ずっと小柳とは心理的な距離が近づいたような気がする。

きつく抱きすくめて欲しいような未練を残しつつも、そんなふうに思う自分が気恥ずかしくて、矢坂は素《そ》っ気《け》なく視線をそらせた。

「いい。俺は寝る。寝て……やったんだから、奴隷《どれい》のように働けよ。……まずは、オーナーについて調べろ」

「了解」

立ち上がるついでのようにまたキスをされそうになり、矢坂は跳ね上がる鼓動を感じながらも何とかその手から逃れた。

「触んな！」

「つれないな」

小柳は肩を落として、がっかりとした表情を見せる。

「すごい可愛かったのに」

そんなことを言われるのに耐えきれず、矢坂は小柳に枕を投げつけた。

小柳は身支度を調《ととの》えると、短く挨拶だけ残して矢坂のアパートから出た。

「じゃあ、また。おやすみ」

安普請《やすぶしん》だから、外階段を下りていく小柳の足音もよく聞こえる。それに耳をすませながら、矢坂は布団の中で仰向けに寝返りを打った。まだ全身が火照ったままで、なかなか普通に戻りそうもない。

——あいつが失敗したら、一蓮托生《いちれんたくしょう》か。

だが、これで何かが起きようとも受け止める覚悟はできた。

抱きしめられた感覚が、痛いほど胸に染みる。誰かに愛おしまれ、大切にされる感覚が残っている。自分をかまうのは、単なる小柳の気まぐれだと言っていたのに。

気づけば小柳との記憶を、一からなぞっていた。抱きしめられたときの感覚や、抱かれたときの恥ずかしさや興奮などを一通り。

夢とうつつが入り交じり、いつの間にかぐっすりと眠りこんでいた。

〔四〕

三日で相模原《さがみはら》のことを調べてきたのだから、またすぐに小柳《こやなぎ》から連絡があるものだと矢《や》坂《さか》は考えていた。だが、何も連絡が入らないまま、十日が過ぎていく。

その間、矢坂は何度も携帯を眺めては失望を繰り返した。

――あいつは、メールや電話というものを知らないのか？

仕事を終えてアパートに戻り、鍵を開けるときには、小柳が勝手に布団を敷いて寝ているのではないかと警戒したことも、一度や二度ではない。だが、その予想は全て外され、誰もいない部屋を眺めてため息を漏らすばかりだった。

その間、ユミはホストクラブに顔を見せることはなく、連絡も入らない。オーナーはユミについて矢坂には何も話さず、いつもと変わらずろくでもない仕事に勤しんでいるようだ。

矢坂の勤めるホストクラブでは、開店前と開店後の二回、ミーティングがあった。毎月の売上げ目標を確認したり、諸注意や雑多な連絡をする時間だったが、進行は店長に任されている。

たまにオーナーが出席することもあり、そんなときにはピリリと空気が張り詰めた。成績の上がらないホストを怒鳴りつけたり、見せしめに殴ることがあったからだ。だが、今日はオーナーは不在で、ホストの間にはどこか弛緩した雰囲気が漂っていた。

そんな中で、店長が一人の新人を紹介した。

「今日から店に出てもらう、リュウジだ。他の店でホストの経験があるそうだが、しばらくはヘルプとして入ってもらうから、その間にうちの決まりを教えてやれ」

スーツ姿でびしっと決めたホストたちの前に進み出たのは、同じくホスト風の黒服を着こなした背の高い男だった。何気なく新人の顔を見た矢坂は、大きく目を見開いた。叫び出さなかったのが奇跡のようだった。

彫りの深い端整な顔立ちに、世慣れた柔らかな微笑み。女性なら誰でも惹かれるであろう大人の色香を、全身から漂わせている。

今まで自分が会った中で一番のハンサムであり、二度も肌を重ねることになった相手を矢坂が忘れるはずもない。

——小柳が……何で、……ここに……？

あまりのことに、頭が真っ白になった。

容姿ではなく、話術や人柄で売るホストもいるそうだが、この店はオーナー選《え》りすぐりの容姿端麗なホストばかりだ。そんな中でも小柳は、群を抜く艶《あで》やかさと存在感があった。他人には無関心なはずの他のホストたちも、さすがにこの容姿には度肝《どぎも》を抜かれたのか、どよめきが広がっている。

小柳はホストとして本気でこの店に潜入するつもりなのだろうか。その意図が、矢坂には理解できない。ここで接客をすることになれば、調査の時間が大幅に削れることとなる。別れさせ屋の所長として、それでいいのだろうか。他の仕事に支障はないのか。

呆然としていた矢坂が目についたのか、店長が命じた。

「アサト。しばらくは、おまえのヘルプに付けろ」

「あ、はい」

「よろしくお願いします」

小柳は矢坂に向けて、殊勝《しゅしょう》に頭を下げる。

その後、ミーティングは解散となった。

普通なら先輩ホストは新人を鼻にも引っかけないが、さすがに小柳ほどだと気になるのか、何人かが話しかけている。前はどの店にいたのかとか、俺のヘルプとしても入れようか、そんな言葉が切れ切れに矢坂のところまで聞こえてきた。

彼らが去ってから、矢坂は小柳に無言で顎をしゃくり、店の裏手に連れ出した。

ポリバケツが並ぶ狭い路地に誰もいないことを確認してから、押し殺した声で詰め寄る。

「何のつもりだよ……！」

小柳は仮面を脱ぎ捨て、したたかな笑みとともに言い返した。

「何って、……おまえに依頼された仕事をこなしている最中だが」

初めて見たときには品のいいスーツを着こなして、いかにもエリートビジネスマン風に見えたが、今の小柳は髪をディップで固め、水商売に何十年も浸っていたような艶《つや》っぽい雰囲気を醸《かも》し出していた。潜入先に合わせて、外見と雰囲気をある程度変えることができるようだ。

それだけでは矢坂が納得してないと悟ったのか、落ち着いた口調で補足してくる。

「オーナーはどうやら、この店を拠点にしていろんな悪巧《わるだく》みをしているようだ。商談相手はたいていこの店に招かれる。だからこそ、ここを見張るのが一番有意義だと判断した。そのために、店に入りこむことにした。このように説明すれば、納得してもらえるか」

言われてみれば、確かにうなずけることがあった。

この店に、得体の知れない男たちがやってきてオーナーと何やら打ち合わせをしているところを何度も目にしていたからだ。

「だけどさ、オーナーの客はすぐにＶＩＰルームに通され、ホストは近づけない。あの部屋でどんな密談がされているか、知るのは容易じゃないぞ。酒を運ぶだけで、すぐにスタッフは追い払われるし」

小柳はこともなげにうなずいた。

「密談をその場で立ち聞きするつもりはないよ。同じ店にいれば、掃除のときにでも盗聴器を仕掛ける隙はできるだろ。出入りのときに、客の顔も観察できる」

そう説明されたら、納得するしかない。

「……そうか」

小柳がちゃんと自分の依頼に沿って動いてくれていることがわかってホッとしたが、どこまで調査が進んでいるのか気になった。

だが、すぐに開店だ。煙草を一本吸っただけで揉み消すと、小柳は手を差し出してきた。

「これからよろしく、アサト先輩」

——何が先輩だ。

矢坂はピクリと眉を揺らす。絶対、小柳のほうが年は上だ。

「おまえ、いくつだよ?」

「ホストに年を聞いちゃいけないでしょう、先輩」

にこにこ笑いながらはぐらかされ、矢坂はこいつを相手にするとペースが乱されることを思い出して、大きく息を吐き出した。

小柳に緊張感がないからこそ、自分は必要以上にプレッシャーを受けずに済んでいるのかもしれない。

「こちらこそ、よろしく。店では、ちゃんと俺に従えよ」

握手する。

小柳の力に負けたくなくて、矢坂は指に渾身の力をこめた。

＊

小柳が店の人気者になるまでは、あっという間だった。

如才《じょさい》ない話術と、甘い微笑み。客だけではなく他のホストにまで愛想を振りまき、あちこちのテーブルに呼ばれては、その場を盛り上げる才がある。

——この分じゃ、じきに店のナンバーワンになるだろうな。

今はまだヘルプだから独自の指名客は取れないが、ヘルプから外れたらどんどん指名が入るだろう。

他のホストの客は取れない仕組みができてはいたが、矢坂ですら自分の地位を脅かされそうで冷や冷やするほどの男っぷりの良さだ。

別れさせ屋とホストという仕事には、共通するところがあるのかもしれない。そういう意味では、小柳にとって別れさせ屋というのは天職なのだろう。

小柳に魅了され、夢中になって話をしている客たちを見るにつけ、矢坂はそう思う。

小柳のいるテーブルだけ、いつでも一段と賑《にぎ》わっている雰囲気があるからなおさらだ。

だが、矢坂と同じテーブルにつくときには、やたらと小柳は意識しているような気がする。始終視線が合う。

今日もふとそちらのほうを向くなり、目が合った。

狼狽して、矢坂は小柳の視線を必要以上に意識してしまう。

「どうしたの、アサト」

その態度に、客が目ざとく気づいたようだ。この付近で働くキャバ嬢で、店が跳ねた後にやってくる矢坂の指名客だ。

慌てて矢坂は、視線を客に戻した。

「いや。……それで、その客がどうしたって？」

「すっごいムカつくんだよ。聞いてくれる？」

キャバ嬢が煙草を吹かしながら、客の文句をまくし立てる。それに適当に相づちを打ちながらも聞き流していた矢坂は、自分と客が座るソファの反対側から、ヘルプ椅子に座った小柳がじっと視線を注いでいることに気づいた。

——何で、……そんなに俺を見る……。

先輩ホストを観察することで仕事を覚えようとする意図以上に、小柳は矢坂を見ているような気がする。

愛しい相手から目が離せないように。

そんなふうに勘違いしてしまいそうになり、矢坂は動けなくなる。

うつむいた矢坂は半分ぐらいにまで減っていた客の水割りに気づいて、小柳のほうに押しやった。

小柳がその意図を汲んで新しい水割りを手早く作り、グラスについた水滴を綺麗に拭いてから、それを戻す。受け取るときに、手と手が触れた。

「……っ」

心臓が跳ね上がる。こんなこと、何でもないことなのに。

一瞬だけ、狼狽した表情が浮かんだ。それを小柳に見られたかもしれないと焦ったとき、不意に横にいたキャバ嬢が肩に抱きついてきた。それから、いきなり唇を奪われた。

「……わっ」

避ける間もなく、柔らかな唇に呼吸が止まる。彼女は唇を離してからも矢坂に巻きつけた腕を放そうとはせず、べったりと身を投げ出してくる。かなり酔っているらしい。

「アサトはあたしのだからね！」

首筋に顔を埋めながら言われて、矢坂は彼女の肩に腕を回して抱きすくめた。

「ああ。俺はエリカのだよ」

こんなことをされたのは、矢坂が注意を自分に向けていないことに女の勘で気づいたからだろう。気を取り直し、髪の匂いを嗅ぐようにして、可愛いとか好きだとか囁いていると、彼女はたわいもなく機嫌を直した。

ふと視線を上げると、小柳は他のテーブルから呼ばれたのか、姿を消していた。

彼女は矢坂に撫でられるのが気持ち良かったのか、うとうとしているようだ。かなり酔っていたから、一眠りさせたほうがいいと判断して、矢坂は彼女をそっとソファに横たえ、かける毛布を取ってこようと席を立つ。

だが、スタッフ用の廊下に出たとき、不意にグイと腕をつかまれた。

そこにいたのは、小柳だ。何だか小柳と正面から視線を合わせるのが不思議と気まずく思えて、矢坂は少しうつむいたまま命じた。

「ちょうど良かった。控え室から毛布を取ってきてくれ」

それだけ言うなり矢坂はきびすを返し、小柳の前を通り抜けてフロアに戻ろうとした。

だが、いきなり廊下の壁に押しつけられ、驚くべきことに唇を塞がれる。

――何でだよ……っ！

立て続けに男女二人からキスされるなんて、今日はどういう厄日だ。

小柳の唇は、キャバ嬢ののもののようにすぐには離れようとしなかった。顎をつかまれたまま執拗に矢坂の唇は嬲られ、そこから広がっていく甘ったるい戦慄に耐えかねて唇を開くと、舌が押し入ってきた。

「っふ」

すでに小柳とのキスは、嫌悪感をもたらすどころか、ひたすら甘いだけのものになっていた。

口腔内を余さず探られ、舌の擦れ合うところから腰が砕けるような疼きが広がっていく。

矢坂が自分のものだと思いこませるような、独占欲を感じさせるキスだ。どうしてこんなキスをされるのか理解できず、与えられる感覚に巻きこまれていく。

いくら逃れようとしても体勢的にかなわず、壁との間に縫い留められていた。

たっぷり口腔内を掻き回した後で、唇が離れた。

乱れきった息を整えながら、矢坂は紅潮した顔で小柳をにらみつける。

もしかして、目の前でキャバ嬢とキスしている矢坂を見て、嫉妬しての所行だろうか。

だが、小柳は矢坂に意味ありげな一瞥を残しただけで何も語らず、控え室へと姿を消した。

——何なんだよ？

矢坂はその背を見送り、濡れた唇を拳で拭う。

小柳に言いたいことは山のようにあった。調査がどれだけ進んでいるのか聞き出しておきたいし、やたらと店で自分を見ているのはどうしてなんだと問い詰めたい。

だが、同じ店で働き始めて一週間が経っても、最初の日以外、小柳と二人きりで内密に話ができるような機会さえなかった。

店が終わった後、その話がしたくて部屋に誘うが、いつも用事があるからとかわされる。

避けられているというよりも、オーナーを探るためには矢坂の協力はむしろ邪魔で、何も知らないでいてくれたほうがいいとでも判断しているように思えた。

——もしくは、危険だから俺を関わらせまいと……？

とめどなく想像はふくらんでいく。何も言ってくれないから、小柳の思惑が理解できない。

ここのところずっと、フロアに出るたびに小柳から熱い眼差しを向けられつづけて、そ

れが意識から離れなくなる。

抱かれた記憶も消えず、エロい気分になるたびにあのときのことを思い出しては身体が疼く。

一度きりならともかく、二度も抱かれたら元の自分には戻れなくなると以前感じた通り、実際にそうなってしまっているから、始末に負えない。

ぞくりと蘇ってきそうな快感を振り切り、矢坂は煙草をくわえて廊下にあった木箱に腰を引っかけた。

火をつけ、思いきり吸いこみ、このモヤモヤした気持ちをどうにか静めようとした。

いつの間にか、小柳のことが頭から離れなくなっている。

あの男に、少しばかりは本気もあるのだろうか。

本気じゃないのなら、こういう嫌がらせはやめて欲しい。最初は男同士のキスに嫌悪感しか抱かなかった自分が、今やその甘さに骨抜きにされている。男相手がそう悪いものとは思えなくて、崖っぷちだ。

だが、小柳に協力を頼んだのは自分だ。店から追い払うわけにはいかない。こんな潜入捜査までするとは思わなかったが、あの男のことが頭から離れなくなる前に距離を置くしかない。そのために早く仕事を済ませてもらうしかないだろう。

——オーナーの悪事の証拠をつかむなんてことは、本当に可能なのだろうか。

気安く頼んでしまったが、小柳の調査がどこまで進んでいるのか、全くわからない。聞いてもはぐらかされるばかりだった。こういうことは初めてで、あとどれくらいかかるのか、どれだけ困難なのか、矢坂には見当がつかない。

煙草を一本吸い終わったころ、控え室に入った小柳がまだ出てきていないことに気づいた。

——あれ？

毛布を持ってこいと頼んだはずだ。見つからないのだろうか。それとも、他に何かトラブルでも発生したのか。

閉店近いこの時間、指名のつかないホストも全てフロアに出払い、テーブルを盛り上げる決まりになっていた。控え室にはおそらく誰もいないはずだ。

その控え室の奥に、店長の部屋がある。もしかして小柳は、このタイミングを見計らって、店長の部屋を調べてでもいるのだろうか。

そう気づいただけで、緊張に鼓動が乱れ始めた。

だとしたら、誰かがここを通りがかることがあったら、矢坂は阻止しなければならない。誰も来るなと心の中でつぶやいた途端、フロアから廊下をこちらに向けて誰かがやってくるのに気づいた。

——ったく。

矢坂は立ち上がり、それが誰だか確認しようとする。

——ゴロウだ。

気安い同僚だった。矢坂は彼の行く手を塞ぐように立ちはだかった。

「どう？　今月のノルマは果たせそう？」

ゴロウは足を止めて、矢坂を見た。体育会系の爽やかな男だ。

「ぼちぼちかな。そっちは？」

「どうにか」

あっという間に会話は断ち切られ、ゴロウは矢坂の横をすり抜けて控え室に向かおうとする。慌てて、矢坂は呼び止めた。

「——煙草持ってないか？」

「ん？　はい」

胸元から煙草を抜き出され、パッケージごと渡される。ゴロウの足は止まらない。控え室まであと少しだ。

「ちょっと！」

なおも引き留めようとした途端、ハッキリ言われた。

「後にしろよ。今、忙しいんだ」

意外なほど、引き留め工作は難しい。

それでも行かせるわけにはいかない。背を向けたゴロウの肩をつかんで力ずくで引き留めようとしたとき、控え室のドアが開いて小柳が廊下に出てきた。

――あ。

ホッとして、全身の力が抜ける。ゴロウは小柳と入れ違いに、控え室に入っていった。

まっすぐ近づいてきた小柳が、小脇に抱えた毛布を見せた。

「毛布ってのは、これでいいのか?」

矢坂はうなずいた。さきほどの緊張がまだ消えず、胸の中で心臓がドキドキ鳴っている。

小柳はもっと危険な修羅場《しゅらば》をくぐってきていることだろう。自分が役に立ったのか知りたくて、小声で囁いた。

「ずいぶんと遅かったな」

「……ああ、まぁ」

「店長室を探ってるんじゃないかと思って、ここを通りがかったゴロウを必死で引き留めようとしてたんだ」

だけどうまくいかず、探偵業は大変だ。そう続けようとした矢坂を、小柳は頑張った子供を見るような温かい目で見た。

「それで、ここで見張りをしてくれてたのか。ありがとう」

さして役に立たなかったのに礼を言われて、矢坂は複雑な気持ちになった。探偵業を生業《なりわい》としている小柳にとっては、素人の手助けなど必要とはしていないだろう。

立ち話をしている矢坂たちの前を、控え室から出てきたゴロウがせかせかと通り過ぎた。その姿が消えるのを待ってから、矢坂は小柳に聞いた。

「今は、どんなところだ？　オーナーのことはわかりそうか？」

ほんの少し手伝いをしただけで、小柳に頼んだ仕事の困難を思い知った。もし無理なようなら、別の方法を考えたほうがいいのではないだろうか。オーナーが有罪になるほどの証拠を入手するなんて、無理かもしれない。

だが、思わぬ返事があった。

「そうだな。あと長くて一週間。——うまくいけば、数日。仕込みは済ませたから、あと一押しといったところだな」

「え？」

そんなに佳境に入っているとは思っておらず、矢坂は目を剥いた。

「何を、どうやるんだ？」

聞かずにはいられなかったが、小柳は謎めいた笑みを浮かべただけで話してくれようとはしなかった。

「まぁ、おまえは今まで通りにしていればいい」

フロアは盛り上がりを見せている。締め日が近いから、どのホストも目標達成のために躍起になっているのだろう。

矢坂はヘルプに入ってくれた小柳のおかげもあって、早々に目標を達成していた。それでも、いつまでも客を放っておくわけにはいかず、小柳と一緒にフロアに戻った。

〔五〕

その翌日、矢坂《やさか》の元には景気のいい客が来ていた。

さほどしょっちゅう来るわけではなかったが、姿を見せたときに気分良くさせれば、金をバンバン使ってくれる通販会社の女社長だ。小柳《こやなぎ》がここぞとばかりに褒め称えたために、彼女は大盤《おおばん》ぶるまいを始め、競い合ってドンペリをがぶ飲みする羽目になった。

「さぁさ。どんどん飲め」

高価なシャンパンが注文されたときにはシャンパンタワーが作られ、店中のホストが集まってグラスを手にするから、普通なら一人が飲む量はそう多くない。

だが、過去に矢坂と小柳が酒の勝負をしたことを、小柳がその前に面白おかしく語っていた。もちろん、その後にホテルに連れこまれたところまでは語られるはずもなかったが。

「何? あんた、負けたの? 新人に負けるとは情けないね。リベンジさせてやるから、頑張りなさいよ」

そうなったからには、二人で飲むしかない。

煽られるがままに、矢坂はどんどんグラスを空ける。

二人でドンペリを一本。さらにもう一本。二人で飲めば飲むほど、それは矢坂の売上げとなった。

周囲のホストたちも集まって、テーブルはお祭り騒ぎになっていく。

だが、いくら飲んでも小柳は顔色も変えず、それが悔しくて矢坂は飲むのをやめられない。矢坂はある量を過ぎると一気に酔いが回ってきて、さすがに一度トイレに行こうと立ち上がる。その途端、世界が大きく揺れた。気づいたときには、逞しい腕に抱きとめられていた。

「大丈夫？　アサト先輩」

小柳の余裕たっぷりの声が耳元で響く。

記憶があったのは、そこまでだ。

＊

ふと酔眼《すいがん》を開くと、矢坂はどこかに横たえられていた。頬の下の上質な革の感触から、ソファに寝かされているのだとわかる。スプリングも良く、全身をすっぽり包みこまれているような寝心地の良さだ。

——うちの店に、こんなにいいソファってあったっけ?

頭の片隅でぼんやりと考えた。酔いつぶれたホストは、いつもなら控え室に放りこまれる。さすがに今日はドンペリを何本も空けさせたから、その褒美も兼ねてフロアの空いたソファに寝かされているのかもしれない。

だが、フロアにしては喧噪《けんそう》が遠かった。妙に薄暗い。

だとしたらいったいどこだ、と身じろいだとき、矢坂は自分が寝転んでいるソファの腰のあたりに誰かが座っているのに気づいた。動いたことで矢坂が起きたのを知ったのか、その男が顔をのぞきこんでくる。

どんな角度でも、どんなときでも、嫌味なほどにいい男だ。

——小柳……。

「しばらく寝てろ。客はもう帰った。おまえによろしくって。水でも飲むか?」

言われて、矢坂はふわふわした気分のままうなずく。

また負けだ。どれだけ飲ませれば小柳は酔いつぶれるのだろうと考えていたとき、いきなり顎を上げさせられ、口を塞がれたことに仰天《ぎょうてん》した。

口の中に水が流れこんでくる。驚きはしたが、さすがに小柳とのキスは何度目かになるので、むせかえらずに水を飲むことができた。

——ったく……！

この男は、普通に水を飲ませることもできないのだろうか。

すぐそばに留まったハンサムな顔に向けて、矢坂は言った。

「お……まえ……な……！　キスばっか、……するな……！」

舌がもつれた。かすかに触れ合った舌先が甘い痺れを残していた。酔いのせいもあって、この男の気を惹くようなことを言ってみたくなる。いつもならまず言わない言葉が、驚くほど呆気なくこぼれ落ちた。小柳の反応が知りたい。

「……誤解する……だろ」

「誤解？」

「俺と、キス……したいんだって」

あらゆる隙につけこんでキスしたいと望まれるほど、自分が小柳に熱烈に愛されているはずがない。そう思っているのに、不思議と確かめておきたくなる。だが、意識を保つのも限界で、矢坂は目を閉じていた。

そんな矢坂の肩を毛布で丁寧に包みこみ、小柳が柔らかく肩を叩く。

「誤解も何も、その通りだよ。おまえ、店では俺に対するときと態度が違うからな」

「たい……ど……？」

薄く目を開く。だが、目の前にいる小柳に焦点を合わせることも困難だった。

「そう。俺に対する仏頂面《ぶっちょうづら》とは違って、表情がよく変わって可愛い。客相手にするように俺にも色っぽく、微笑みかけてくれないか」

小柳が店でいつも自分を見ているように感じられたのは、そのせいだというのだろうか。だが、矢坂はぶっきらぼうに返すことしかできなかった。

「バ……カ……。おまえに愛想よくできるか」

「ゆっくり寝てろ」

どんな態度を取っても、小柳の機嫌が損なわれることはないらしく、それが甘やかされているように思えてくすぐったくなる。そのまま眠りに落ちようとすると、ドアが開閉する音が聞こえてきた。小柳がここから出ていったのだろう。

「……ん?」

それが、ふと意識に引っかかる。

――ここはどこだ……?

だが、意識を保てたのはそこまでで、睡魔《すいま》に引きずりこまれていた。

＊

ぼそぼそと読経《どきょう》のように響く男の声に、矢坂は目覚めた。

声は低く抑えられていたから、だいぶ前からずっと聞こえていたのかもしれない。

——……誰の声…だ…？

矢坂は薄く目を開いた。

室内は先ほどと同じように薄暗く、間接照明がところどころの壁や床を照らし出していた。転がされているソファの向こうに、床に敷かれた黒っぽい赤の絨毯《じゅうたん》が見える。

——この絨毯……。

それが矢坂の記憶を刺激した。

明らかにフロアのものとは違う。それをどこで見たのか、必死で思い出そうとしながら、矢坂は聞こえてくる声のほうに意識を向けた。その声の響きはどこか不穏で、そうせずにはいられないような危険を孕んでいた。

自然と息を詰めて、その相手から見つからないようにやり過ごしたくなる。矢坂に恐怖をうえつけるような声の主が、すぐそばにいるらしい。

——ヤクザっぽい声。……いや、そのもの……？

ヤクザが姿を現すのは、いつでもオーナーがらみだ。そう思ったとき、一気に全身から血の気が引いた。ここはＶＩＰルームだと気づいたからだ。相づちを打つ声に聞き覚えがあるような気がしていたが、それはまさにオーナーのものに違いない。

――あいつ……なんてことを……！

心の中で小柳を呪《のろ》う。

酔いつぶれた矢坂を、小柳がここに運びこんだに違いない。店に来て、一週間ばかりだ。小柳はあっという間に店に馴染んではいたが、ＶＩＰルームに酔いつぶれた同僚を決して運びこんではならないという注意を、教育係の矢坂はしていなかった。そんなことをするはずがないだろうと思っていたからだ。ＶＩＰルームの使用は太客のためだけに許される。自由に使用していいのはオーナーだけだ。

悪意がなかったのか、何らかの考えがあったのかはわからない。

少なくとも今は、とんでもないピンチだった。

オーナーが客とともにこの部屋に入ってきたが、酔いつぶれた矢坂がいることに気づかずに話を始めたのだろう。酔いつぶれたホストがこんなところで寝ているなんて、普通ならあり得ないからだ。

矢坂は生きている心地もせず、気配を悟られないようにそろそろと顔を上げて自分がどこに居るのか確かめた。

すっかり酔いも醒めた気分だった。

矢坂が寝かされているのは、VIPルームの一番奥にあたるソファであり、オーナーたちが密談しているのは中央のソファからはソファ二つ隔てている。

すぐには見つからないかもしれないが、絶対に安心といった位置でもない。

——早く……出ていってくれ……！

矢坂は一心に祈った。

オーナーたちが席を外すようなことがあったら、この部屋から脱兎《だっと》のように逃げ出すつもりだった。だが、二人は熱心に話を続けていた。

きっとろくでもない話だ。聞いてはいけない。余計なことを聞いたとオーナーに知られたら、ひどい目に遭う。

そう自分に言い聞かせて耳を塞いでいたというのに、不意にオーナーの低い声が恫喝《どうかつ》するように張り上げられた。

「つまり、俺にどうしろってことだよ」

殺気が漂っていた。

最悪なことに、今日の話題は愉快なことではないらしい。先ほどから死体が、とかサツが、とかいう単語が、切れ切れに聞こえてきていた。

その声を受けて、ぼそぼそとしか聞こえなかった相手の声にも力がこもった。

「……ええ。コンクリが外れてホトケが浮上し、身元まで割り出されましたもんでね。こっちにまで手が伸びるようなら、舎弟の一人に因果を含めて出頭させようと思ってたところですが、それではどうにもサツのほうが納得しないらしい。舎弟が自首しようが関係なく、幹部のほうの容疑が固まり次第、逮捕状を出すなんて話がリークされてるんですよ。共犯者をかばうためには、すぐにでも幹部を高飛びさせなくちゃならねえ」

「させればいいじゃねえか」

オーナーは冷ややかそのものの口調で吐き捨てた。

よりにもよってコンクリ殺人かよ、と矢坂は青ざめた。これを聞いたことに気づかれたら、それこそ矢坂もコンクリで足元を固められて、口封じに海に沈められるかもしれない。

「──あんたもわかんない人だな。うちの幹部がサツに引っ張られたら、そちらも無傷ではいられねえだろ。そうならないためにも、高飛びのための現金を準備できないかって話ですよ」

「てめえ！　俺を強請ろうってのか！」

オーナーの怒号とともに、テーブルに何かを思いきり叩きつける音が響いた。

矢坂の心臓は口から飛び出しそうになる。静まり返った室内に、フロアの喧噪が遠く聞こえてきた。

しばらくの間を置いてからくくっと笑い声が響き、落ち着いたヤクザの声が聞こえてきた。

「おっかねえな。強請るまでもなく、あんたとうちは一蓮托生ってことですよ。幹部を飛ばしておかねえと、あんたに不利な証拠が山のように出てくるかもしれねえ。もちろん、そう簡単に吐かねえとは思いますが、やつは最近、子供が生まれたばかりでね。ガキ会いたさに、どんな証言でもしかねませんぜ」

そんな切迫した会話を聞きながら、矢坂はかすかに身じろぎした。そのとき、矢坂の身体の横に転がされていたペットボトルがソファから押し出されて、床に落下していく。

「……っ！」

絨毯が敷かれていたから音はかなり吸収されたはずだが、矢坂にはとんでもなく大きく響いた。

——気づかれたか……？

そうではないことを必死で祈っていたが、二人の会話がピタリと止んでいた。

全身から冷たい汗が噴き出し、息もできないほど意識が張り詰める。

どきどきとやかましく鳴り響く心臓の音ばかりが耳を塞ぎ、外の音をしっかり聞き取ることができない。

息苦しさのあまり大きく口を広げて深呼吸しようとしたとき、思いがけないほどすぐ近くから声が降ってきた。

「——何だ、てめえ。どうしてここにいる」

仰天して見上げると、ソファを見下ろす位置にオーナーが立っていた。足音もなく近づいてきたらしい。

返事もできないうちに手が伸びてきて、襟もとをつかみ上げられた。

「つぐ」

「誰だ、こいつは」

物騒《ぶっそう》な話をしていた客も、矢坂のいるソファに近づいてくる。目の端に映ったその姿は、いかにも極道《ごくどう》風の黒ずくめだ。

「うちのホストだ。こんなところで、楽しくおねんねしていたらしいな。なかなか稼いでくれた男だったが…」

オーナーは矢坂の目を見て言った。

「今の話を聞かれたとあっちゃあ、生かしておくわけにはいかねえな」

首を締め上げられているだけで、力が急速に抜けていく。危険な部位を圧迫されているからかもしれない。すうっと気が遠くなる。こんなふうに彼女も、矢坂が愛し、そして矢坂を裏切った彼女も、オーナーのせいで殺されたのか。そう思うと、必死で気道を確保して声を押し出さずにはいられなかった。

「……おまえ、……彼女のために……泣いて、……やったか？」

オーナーのために働き、被害者に刺されて死んでいった彼女の姿が脳裏に浮かぶ。たとえ一撃なりとも、彼女のために報復してやりたい。

このまま大人しく殺されたくなかった。

オーナーは底光りする目で矢坂をのぞきこみ、少しだけつかんだ手を緩めた。

「彼女？　……ああ、おまえを騙したあの女か。てめえはあいつに金をふんだくられて、地獄に堕ちた一人だったな。殺されてむしろすっきりしただろうが。それともてめえの手で殺してやりたかったか？」

「……っ！」

締め上げられてまともに動けなかったが、矢坂は精一杯の怒りを目にこめてにらみつける。オーナーは笑った。

「あいつは自首したいって言ってきた。自分を愛した男たちが、地獄に堕ちていくのが耐えられないんだと。——そんなふざけたことを言い出したから、俺が殺してやった。そんなことは言い出さねえはずの女だったんだけどな。だけど、俺との関わりをサツに話されるわけにもいかねえ」

思わぬ告白に、矢坂は震えた。

そんないきさつがあったなんて知らなかった。罪を悔いた彼女に、オーナーが自ら手を下したのだ。

だが新聞で報じられていたのは違ったはずだ。

「他の……男が刺したと……」

「あんなのは因果を含めた男に、ナイフ握らせて自首させただけだ。多少証拠が食い違おうが、サツのやつらは犯人さえ見つかれば四《し》の五《ご》の言わん。凶器が一致すれば、そいつが犯人だ」

「……っ！」

憤りが矢坂の全身にあふれた。

犯人にされた男というのも、自分のようにオーナーに逆らえなかった借金漬けの奴隷の一人だろう。

「きさま……！」

矢坂は渾身の力を振り絞り、がむしゃらにオーナーにつかみかかろうとした。だが、それくらい予想していたのか、横っ面を思いっきり殴られ、床まで弾き飛ばされていた。ジンジンと灼けるような痛みが、頬から広がっていく。

今まで顔だけは殴られずにいた。だが、顔面を殴られたことで、すでに自分はホスト扱いされてはいないのだと思い知る。

鼻の奥から生温かい血がゆっくりと流れ出す。早く身体を起こさなければならないという焦りはあるのに、脳しんとうでも起こしているのか、床に倒れたまま手足が全く動かせない。無防備になった矢坂の腹に、オーナーが蹴りを叩きこんだ。

「っぐぅ!」

くぐもったうめきとともに、胃液が喉を灼く。さらに同じ場所を殴られて、もう一度うめいた。

のたうつことしかできない矢坂を、オーナーが見下ろした。

「こないだ、取引をした中国マフィアが、新鮮な臓器が欲しいと言ってたな。日本人の臓器は高く売れるそうだ。しかも、若ければ若いほどいいらしい。……これから、素敵な海外旅行に連れていってやろう。そうすりゃ、死体の始末でサツに嗅《か》ぎ回られることもない」

オーナーがぐるりと頭を巡らせて、脇にいたヤクザに告げた。

「てめえんところの幹部の高飛びに、俺も付き合わせろよ。——また、漁船か何かを仕立てるんだろ？　これをつれて、香港《ホンコン》まで売りに行くよ。新たなルートを開拓しておこう」

「うちの幹部は空路の予定でしたけどね。ですが、余計なお荷物が増えたんじゃ、船で行くしかないか。船賃は弾んでもらいますが」

「そんなの、こいつを売ればいくらでも」

人一人バラして売れば三億か四億になると、オーナーは口走る。それを聞いていると、人を売ったのは初めてではなさそうだ。矢坂は懸命に呼吸を整えた。

店はまだ営業中だ。どうにかフロアに出さえすれば、逃げ出せるチャンスがあるはずだった。

まだ酔いでフラフラだし、鼻血で顔面が染まっていた。最悪のコンディションの中、矢坂は立ち上がって、いきなりオーナーの足にタックルした。勢いは殺せず、二人で重り合うように床に転がった。

「てめえ！」

まだ矢坂が動けるとは思っていなかったのか、オーナーが怒鳴った。矢坂はふらつきながらもオーナーを振り切ってドアに向かおうとしたが、その前に銃を手にしたヤクザが立ちはだかった。

「逃がすわけにはいかねえよ」

その銃口は矢坂の腹に向けられていた。臓器を売ろうとしているのなら、彼は撃たないはずだ。それとも、売ろうとしているのはオーナーだから、かまわず発砲するだろうか。

一瞬、判断に迷って立ちすくんだ隙に、矢坂は背後からオーナーに蹴り飛ばされて床に転がった。

「……ぐ……」

フロアに続くドアが開いたのはそのときだ。

チラリと小柳の姿が見えたのと同時に、振り返ったヤクザの腕から、銃が叩き落とされる。その衝撃で銃が一発発射され、鈍い銃声が響き渡った。

フロアにその銃声が聞こえたのか、女性の叫び声が重なった。

「早く、誰か警察に通報してくれ！」

小柳の鋭い指示が聞こえる。

小柳はヤクザとつかみ合いの乱闘になっているらしい。

だが、矢坂はオーナーと対峙《たいじ》していて、小柳のほうに注意を向ける余裕がなかった。

「この野郎！」

つかまれた手の力は強く、もみ合ううちに床に押し倒されて馬乗りになられた。

顔面を殴られ、口の中が切れ、流れこんだ血で片方の目が開けられなくなる。それでも、不意にオーナーの攻撃が途絶えたので何か起きたのかと思っていると、ヤクザを倒した小柳がオーナーの身体を矢坂の上から引きずり下ろしたところだった。

矢坂はふらつきながら、立ち上がる。なおもオーナーと小柳のもみ合いは続いており、オーナーを小柳が殴り飛ばしたところで、大きな声が割ってはいった。

「はい。そこまで！　いいですか、暴れないで！　手を上げて、動かずに！」

小柳とオーナーを引き剥がしたのは、制服警官たちだった。ハッとして顔を上げると、VIPルームの中に大勢の制服警官が次々と入ってくる。

不意にパトカーのサイレンも、聞こえてきた。すごい騒ぎだ。今までアドレナリンが大量に分泌されていたからか、オーナーと小柳以外は意識になかったらしい。

「何があった？」

矢坂は怪我の程度を確かめようとしていた制服警官に尋ねる。彼は矢坂に鼻血を拭くようにティッシュを差し出しながら言った。

「銃声が聞こえたって、通報があったんですよ。ええと、まずはあなたの名前と住所から聞かせていただけますか。それより、まずは手当てを……？」

矢坂はまだ興奮冷めやらないまま、VIPルーム内を見回す。オーナーとヤクザも警官たちに取り囲まれ、小柳が壁の銃痕《じゅうこん》を指し示しながら、この場の責任者らしき私服の男に

何やら説明していた。

「手当ては後でいいです。まずは、俺の話を聞いてくれますか」

矢坂は全てを、ありのままにぶちまけることに決めた。何よりオーナーから直接聞いた、女詐欺師を殺した話を告げたい。可能ならば立件して欲しかった。

「俺はこの店のホストです。オーナーがあの男で、そっちの男がオーナーの知り合いらしきヤクザ。そこにいる男は俺の同僚で、俺がオーナーに殴られているところを助けてくれました」

ＶＩＰルームでうたた寝しているときに聞いたオーナーとヤクザの密談の内容を話すと、コンクリート殺人の証人として署までの同行を求められた。

うなずくと、発砲のいきさつの説明を終えたらしき小柳も、軽く矢坂にうなずく。同じく、署に向かうらしい。

警察官たちに囲まれてＶＩＰルームを出ると、ホストや客たちは何が起きたのかわからない様子で、警察に封鎖されたドアの向こうに鈴なりになっていた。

右往左往していた店長も署への同行を求められ、連れだって外に出る。大勢の警察官に囲まれて車まで案内されると、矢坂はまるで自分が犯人として連行されているような気分になった。

署に向かう途中で病院に寄り、矢坂は全身の傷の治療を受ける。鼻血はすでに止まっており、打撲はたくさんあるが、重要な臓器に損傷はないと説明を受けた。

ただ頭を打っているので、夜にはまた病院に来るようにと言われる。入院して、夜間に急変がないかどうか、見守るらしい。

それから、署で長い時間をかけて話をした。

自分とオーナーの関わりについて一から説明し、VIPルームで聞いたコンクリート殺人の件とあの女詐欺師を殺したと自白するまでの顛末《てんまつ》を、何度も繰り返し語る。

途中で食事が差し入れられ、夜になると病院に送られた。また明日も、署に行かなければならないらしい。

——疲れた……。

病院のベッドで身体を伸ばして、矢坂は大きく息をつく。警察で話をすることに緊張していたのか、全身がガチガチだ。だが、充実感があった。

矢坂の担当だった刑事が話してくれたところによると、あの女詐欺師の殺人については、警察としてもおかしいところがあると気づいていたらしい。それでも凶器が一致していたから不問にされていたのだが、矢坂の証言を受けて証拠や証言が一から洗い直されることになるらしい。

――真犯人であるオーナーが、ちゃんと捕まればいいんだけど。その殺人事件について詳しく調べ直しつつ、もう一件のコンクリート殺人についても、容疑を固めることになるそうだ。

――小柳は、……どうしているんだろう……。

つらつらと考えているうちに、眠りに落ちていく。

かなり顔が腫れると脅されていたが、調書を取っている間、ずっと氷嚢《ひょうのう》で顔を冷やしていたのが良かったのか、翌日にもさして顔は腫れずに済んだ。だが、全身アザまみれだ。

また警察に連れていかれて、同じ話を最初からすることになる。

全てが終わって解放されたのは、午後も三時を過ぎたころだった。

――小柳はどうしてるかな。

自分と同じように、警察に調書を取られているのだろうか。警察署を出たらすぐに電話してみようと携帯をもてあそびながら、署の玄関へと向かう。

その途中のベンチに、人待ち顔の小柳がいた。

――え？

矢坂が気づいたのと同じタイミングで、小柳のほうも気づいたらしい。組んでいた長い脚を解き、立ち上がって近づいてくる。

になり、それを見られないためにも矢坂は不自然なほどそっぽを向かずにはいられなかった。

「やあ」

小柳の変わらぬ笑顔を見た途端、張り詰めていた心がすっと緩んだ。

これで何もかも無事に終わったんだと思うと、安堵にじんわりと涙まであふれ出しそう

「おまえも絞り上げられた？」

聞くと、小柳はうなずいた。

「まぁな。だけど、こういうのは慣れてるから」

「慣れてる？」

矢坂と同じように調書を取られていたのならクタクタだろうに、どうにか何でもない表情を取り繕って顔を向ければ、小柳からは憔悴《しょうすい》した様子はあまり感じ取れなかった。

「探偵の仕事をしていれば、ある程度警察とのコネはできるんだよ、俺が集めたオーナーの悪事の証拠を渡してやったら、喜んでた。あのＶＩＰルームの盗聴器でのデータもな。だけど、合法的に設置したんじゃない盗聴器のデータは裁判では証拠として採用されないから、生き証人としておまえが呼ばれることになると思うけど」

「……そういや、おまえはやはりわざと、俺をあのＶＩＰルームに転がしていったんだよ

な」

あのとんでもない状況を思い出して疑いの目を向けると、小柳は悪戯っぽく笑った。

「当然だろうが。何もかも仕込んであったに決まってる。あの夜、あのヤクザが内密にオーナーに会いに来ると知っていた。あいつの兄貴分が逮捕直前だったからな。もう一件の殺しについて、わざわざ自分から話すとまでは思わなかったが」

「VIPルームで目覚めたときには、生きた心地もしなかったぜ」

ため息交じりにぼやくと、小柳が玄関のほうに顎をしゃくる。横について歩き出した。

「家まで送る。ここの駐車場に車を移動させておいた」

疲れ切っていたから、その申し出はありがたかった。

小柳には他にも聞きたいことが山積みだった。この事件を解決に導いてくれたのが小柳だとしたら、感謝の思いも伝えておかなければならない。

矢坂は小柳と一緒に駐車場に向かって歩いた。

「これでオーナーを始末しろという任務は完了だ。情報提供した見返りに、警察からも情報を聞き出しておいたが、本日、ホストクラブやオーナーとの関連のある施設を家宅捜索した結果、警察が目の色を変えるほどのお宝が、ざくざくと見つかったそうだぜ。某国との麻薬取引や武器の密輸などにも関わっていたらしくて、上の暴力団ごと、根こそぎ検挙されることになるという話だ。さすがに国の防衛上、このあたりの調べに手加減はしない。暴力団ごとおそらく潰されるだろう」

「……武器の密輸」

とんでもないものにまでオーナーが手を染めていたことを知り、矢坂はあらためて驚愕《きょうがく》した。

「暴力団が国際的な麻薬取引や武器の密輸を行うときには、相手としたたかに交渉できるだけの優秀な人材が必要なんだ。そういう意味で、やつは重宝《ちょうほう》されていたらしい。盃《さかずき》を交わした暴力団だけでなく、他の組の経済犯罪にも関与している節《ふし》がある。警察は徹底的にやつを追及する構えだ」

「俺の内臓も、海外に叩き売るとか言ってたけど」

「臓器売買にも関わっているのかもしれないな。捜査が進めば、そのあたりもおいおい明らかになるだろう。日本を揺るがす大事件に発展する可能性もある」

とんでもない人間に自分は関わっていたのだと、矢坂はあらためて思った。

そんなオーナーを追いこむために、小柳がどれだけの危険を冒したのかと思うと、そら恐ろしくなる。しかも小柳は無報酬に近い状態で受けているのだ。

喋っているうちに駐車場に到着し、小柳はそこに停めてあった一台の目立たない車の鍵をリモコンで解錠した。

助手席に乗りこむと、小柳はなめらかな動きで車を発進させる。

車内の時計に視線が止まった。

いつもなら、そろそろ起きてホストクラブに向かう支度を始める時刻だが、念のため確かめてみることにした。

「今日は店、休みだよな？　あの後、店はどうなってるか、知ってるか？」

小柳はうなずいた。

「再開のメドはついてない。何せオーナーがあんな状態で、いつ外に出てこられるかわからないし、上の暴力団ごとパクられてるんだ。おまえや他のホストの借金の証書は、警察が押収していった。もともと無許可のヤミ金だそうだし、弁護士を通せば簡単にチャラになる証書だと警察のお墨付きもある。もうおまえは、あの店で働く必要はない。自由になれる」

その言葉に、矢坂は心の枷《かせ》が外れたような強い解放感を覚えた。

——そうか。……終わったんだ。

客との付き合いはそれなりに楽しかったが、女の好意につけこんで金をむしり取るのもすでに限界だった。

「ユミは？　あのろくでもない政略結婚相手と、婚約なんてことになってないよな？」

気になって尋ねると、小柳は運転しながら言った。

「心配ない。ユミちゃんの親の会社に、提携先の老舗百貨店の内情について匿名《とくめい》の文書を送ってある。もちろん、そんなものがいきなり送られても怪文書扱いになるだけだろうが、それなりに百貨店との提携に不安を覚えていた時期でもあったんだろう。内部からのリークによると、とりあえず性急に政略結婚を進めることだけは止めたようだ。今回の件でオーナーや上の暴力団が関与していた詐欺会社やフロント企業が一斉に捜査され、社名も報道されることになる。だから、その怪文書は本物だとじきにわかってくれるだろうよ」

すぐには信じられないほど、小柳はあらゆる方面に気を配ってくれていたらしい。そのことに矢坂は心からの安堵を覚え、小柳への信頼を新たにした。

「ありがとう」

どう感謝しても足りない。

小柳が手伝ってくれなかったら、こんなふうに全てをスッキリ解決することはできなかったはずだ。

全てが自分の依頼によって始まったなんて、今でも信じられない。ここまでしてもらって無報酬などというわけにはいかないから、少しずつでも金を払っていくべきだろう。

そう判断した矢坂は、思いとともに告げた。

「感謝の言葉だけでは、この気持ちが伝えきれそうにない。オーナーから自由になれば、これから普通に働くこともできるだろうから、毎月、可能な限り支払うよ。必要経費や、既定の依頼料がどれだけになったのか知りたい。まずは請求書を出してくれ。職が決まった時点で、月々支払う金額を相談する。時間はかかると思うが、必ず最後まで支払うから」

せめてもの礼と言ったのに、小柳はくすくす笑っていた。

「おまえ、意外と律儀《りちぎ》だな。しっかり分割で支払ってくれるつもりなんだ?」

「そりゃあ、こんなに働いてもらったんだから、礼をしなくちゃいけないだろうが」

「でも、礼はすでに先払いでもらっている。そういう話だっただろ?」

抱かれたことだとすぐに思いあたったが、それだけで終わらせるわけにはいかないほどの恩義を感じていた。

「あれは、支払いを猶予《ゆうよ》してもらうための利子みたいなもんだろ。それは別だ。請求してくれ」

「いいの? だったら、やっぱり身体で払ってもらいたいな」

「え?」

相変わらずな小柳の態度に、矢坂は呆れながらもときめかずにはいられなかった。小柳と寝るのは悪くなかったから、またあんなことをするのはやぶさかではないが、それでも男としての心理的抵抗がある。

警戒に身を固くしたのを読み取ったのか、小柳が笑いを含んだ声で言った。

「……そういう意味ではなく、たまにうちの仕事を手伝ってもらいたいってことだ。ホストとしての経験があれば、別れさせ屋としてもそこそこ使える」

その言葉に力が抜けた。少し残念な気分も残って、矢坂はモヤモヤする。

だが、すぐに思い直したのか、小柳はそっけなく言った。

「いや、やはり、おまえにうちの仕事は回せない」

「何でだよ……?」

矢坂はその言葉に驚いて傷つく。ホストとしてはそれなりに売れっ子のつもりだったが、小柳の規準に照らしたら不合格ということなのだろうか。

「俺は使いたくないってことか?」

「理由は自分で考えてみろ」

仕方なく矢坂はその理由を探った。

探偵は信頼が第一だ。客の信頼を損なわずに仕事をするためには、従業員は信頼できる者に限られる。矢坂は女をたらしこむ技術は持っていても、その点が不合格ということなのだろうか。

——そういうことかな？　俺は前の仕事ともすっかり縁を切って、得体の知れないフリーターになるんだし。

浮かれていた気分が一気にしぼみ、矢坂はぎこちなくうつむいた。悲しみと怒りが胸に渦巻き、やりきれない気持ちになる。

矢坂にとって小柳は信頼に足る探偵だが、小柳にとって自分は仕事を頼めるだけの男として認められていない。そう思うと落ちこんでくる。

これで仕事も終わり、小柳との関係も終わるかもしれない。だけど、これっきりにしたくない。引き留めたいのに、どう引き留めていいのかわからなかった。

小柳とどこかでつながっていたかった。だが、仕事を失った矢坂が小柳の探偵事務所で働くことを断られたのだから、すっぱりと縁を絶ちきることを期待されていると考えたほうがいい。

——そうか。所詮《しょせん》は身体だけの関係だよな。気まぐれだって、何度も言ってたし。

もう、小柳の気は済んだのだろう。

自分だけが未練を抱えているようで、悔しくなる。だったらすっぱりと別れてやると、やけっぱちの気持ちになった。もともと未練がましく相手にすがることはできない性格なのだ。

矢坂の住むボロアパートの前で、車は停まる。むかっ腹を立てたまま、矢坂はシートベルトを外した。脅すように言い捨てる。

「いろいろ世話になったな。支払いは遅くなるが、おまえの自業自得だ」

「何で自業自得なんだ？」

「俺をスカウトしないから。他に仕事を探すけど、職が決まるまで支払いは猶予してくれ。請求書は郵送か、ポストに突っこめ。持参するのは禁止だ。おまえともう二度と顔を合わせたくない」

捨てゼリフを残し、矢坂は助手席から降りようとした。だが、小柳は素早くその腕をつかんで引き留めた。

「おまえ、どうしてスカウトしないのか、その理由がわかってるのか？」

どこか含みを持たせるような、もてあそぶような声の調子だった。

だが、そんなふうに遊ばれる余裕はない。矢坂はこれ以上自尊心を傷つけられたくなくてもがいた。

「知るかよ！　俺のどこかが気にいらないだけだろ……！」

「おまえの全てを愛してる。アホみたいに律儀なところも、ツンツンして乱暴なところも、素直じゃないところも。どこもかしこも愛しくて、男だっていうのに抱きしめて心ゆくまで甘えさせてやりたくて、いつも柄にもなくドキドキする。自分にこんな感情があるとは知らなかった」

——愛してる？

思わぬ小柳の告白に、矢坂は動きを止めた。

だが、そんな言葉などすぐに信じられるはずがない。

冗談を言っているんだろうと思ってうろんな目を向けると、目が合った小柳はすっと表情から笑みを消し、いつになく真剣な顔をした。

その目に見つめられているだけで、全身から力が抜けなくなる。やっぱり嘘だと突き放したいのに、そうできない。もっと小柳の本心を聞き出したい。本当にさっき言われたように愛されているのか、確認するチャンスは今しかないような気がした。

そのとき、小柳が言った。

「——スカウトしないのは、おまえが仕事のために女や男を引っかけて寝るなんてことが許せないからだ。ホストクラブで客と話しているだけでもイライラモヤモヤするぐらいだったのに、それ以上のことを、俺がおまえに命じられると思うか？　対象者と寝てこい、なんて」

――それって……っ。

胸が詰まる。冗談ではなく、本気でこの男は自分を愛しているのだろうか。

小柳はびっくりするほど真剣な表情は崩さない。

「なんで、……命じられないんだよ」

声はうわずって震えた。ホストとして毎日のように甘い愛のセリフを重ねてきたというのに、本気の思いがこもった言葉を前にすると心が剥き出しにされていく。男だからという事実が次第に求愛を阻む理由にならなくなっていくことは、自分自身に置き換えてみれば明らかだった。

男である小柳にキスされて、矢坂も初めは仰天《ぎょうてん》した。それ以上のことをされて、殺してやろうと思うほどに恨みの念を抱いた。

だけど、抱くたびに快感を覚えさせようとする小柳の腕で溺れ、その人柄に触れていった。

誰かに頼ることを思い出し、甘えさせてもらう気持ち良さも今では悔しいぐらいに思い知った。むしろ男同士だからこそ、互いの心の機微《きび》に触れられる気までするから困る。

男でも甘えてみたいことがある。小柳の大きな腕にすっぽりと包みこまれたときの安堵感が心に刻みこまれている。

そう思ってしまうからこそ、小柳を拒むことはできない。

「最初、おまえを見たとき、チャラチャラした生意気なホストだと思った」

小柳の目が、そのころを思い出すように細められた。

「だけど、不思議とそそられた。食えば、単なる欲望だから落ち着くと思っていたが、意外とそうはならなかった。おまえと話している中でユミちゃんを守ろうとしているのを知り、その境遇の中で必死であがく姿に、手助けしたくなった。だが、ようやく今、おまえは自由になった。俺への義理は何ら気にしなくてもいい。だけど、さっきの質問には答えておく。——おまえは平気か？　俺が依頼のたびに女と寝ても」

そんな質問を突きつけられて、矢坂はグッとつまる。

小柳が自分以外の誰かと寝るなんて想像しただけ、息ができなくなるぐらい苦しい。自分はいつの間にかそれくらい小柳のことが好きになっているのだと思い知らされ、矢坂は強くこぶしをにぎりしめた。

「……っ、だって、仕事なんだから仕方ないだろ」

そう思う気持ちもあるにはある。だけど、嫌だ。許せない。錯乱してしまいそうになる気持ちを必死で抑えつけ、矢坂は怒鳴った。

「やめろと言って、おまえがやめるとは思えないし、そんなセリフを言う資格は俺にはない。俺が言ったぐらいでやめるようなポリシーがない男も嫌いだ……！」

「じゃあ、いいんだ？」

微笑み交じりに小柳に尋ね返され、激しすぎた感情が爆発して、不覚にもポロリと涙が頬を伝った。

「嫌に決まってる！　……だけど……」

涙を恥じて、ぎゅっと目を閉じる。何をどう言っていいのかわからなくなった。堰を切った涙は止めることができず、まばたきをするたびにあふれ出す。

顔が上げられなくなって、矢坂は腕で目のあたりを擦った。

そんな矢坂の耳元で、小柳が囁いた。

「ごめんな。俺は仕事だからやめられないけど、好きな子にはさせたくないんだよ」

「なんで、だよ……！」

それは勝手すぎると罵りたいのに、言葉は全て涙に溶けていく。

小柳が自分を拒んだ理由が信頼できないからではなく、愛しているからなんだとようやく納得できた。

そんな矢坂の顎を上げさせ、小柳が唇を塞ぐ。

キスは涙の味がした。なのに、舌がぬるぬると合わさるところから、甘い戦慄が広がっていく。

「——部屋、行っていい？」

尋ねられて、矢坂は目のあたりをゴシゴシと擦りながらうなずいた。

「いいけど、俺、アザだらけだぜ」

セックスするのが当然のような返事をしてしまったことを口にしてから、ハッと気づいた。言葉を呑みこむと、小柳は笑う。

「いい。アザだらけでも。おまえが痛くなければ」

また唇が塞がれる。

車の横を通勤途中のサラリーマンが通りかかったのが目の端に見えたが、それでも与えられるキスはあまりにも甘くて、その感触に溺れていく。

＊

アパートの玄関で靴を脱ぎ捨てるなり、矢坂の頬は小柳に左右とも包みこまれていた。壁に身体を縫い留められ、さっきの続きのようなキスを受け止める。

淫らに舌をからませながら、小柳の指が矢坂の上着の前を開き、シャツのボタンを器用に外していくのがわかった。同じことを小柳にしているだけで、強い興奮がこみあげてくる。

いつもされてばかりだったから、今日こそは自分から小柳を煽ってみたい。長いキスが終わるなり、矢坂は主導権を握るために自分から床に膝をついた。矢坂だって、それなりにテクニックがあることを知らせてやりたい。何より、小柳の感じきった顔が見てみたい。

足の間に手を伸ばすと、小柳は矢坂の意図に気づいたのか、やんわりとそこから引き離そうとしてきた。そうされると、逆にしたくてたまらなくなる。

「今日は、……俺がするから」

宣言すると、それ以上拒まれることはなかった。小柳は輝く目で、じっと矢坂を見下ろしている。

下着の中から小柳のものを外に引っ張り出し、手で握りこんだ。矢坂は小柳の反応をうかがいながら、握る強さとスピードを微調整して煽りたてていく。

すぐにそれは、握りきれないほど大きくなった。

こうなったら、次は口で刺激を与えるべきだと思い、矢坂はその張り出した先端にためらいながらも唇を寄せた。いつか、自分が男のペニスをくわえることになるなんて、考えたこともなかった。だけど、恥ずかしさと、自分の中での常識が崩れていく衝撃はあるものの、嫌悪感はない。

尿道口のあたりをぬるりと舐めただけで、それが血管を浮かべるほどに硬く反り返っているのがわかった。

「う……」

小さく、小柳の声が頭の上から聞こえる。

感じさせてやりたくて手の中で脈打つそれの裏筋を舌先で丹念《たんねん》になぞり、それから唇を開いて、先端からすっぽり呑みこんでいく。

熱い肉棒から伝わる感覚が、矢坂の身体を深いところから昂ぶらせていく。

口を大きく開いて、喉のほうまでくわえこむと、その熱さと質感が直接頭の中に伝わるようだった。

「っふ、……っん、ん……」

ただくわえているだけで口の中がいっぱいになり、ゆっくりと抜いたり出したりする粘着音がすぐそばから大きく響く。顎を精一杯開き、最初のうちはただ歯を立てないでいることだけに集中していた。

小柳の手が矢坂の髪を撫でてくるのに気づいて視線を上げると、愛しげに見下ろしている小柳と目が合う。

その瞬間から、矢坂の下肢にもたまらないほど熱が満ちるようになる。

口腔内にある小柳のものから、全身にジンジンと熱が伝わっていく。小柳を感じさせることが自分自身の興奮にもつながり、矢坂はより熱心に舌を使う。

唇でしごき上げるようにして抜き差しした後で、先端の溝を中心に舐め回す。唾液に小柳の先走りの味が混じり、口の中がねっとりと粘るような感覚があった。それが不思議なほど淫欲を掻きたて、身体が灼けたように熱くなる。

自分の下肢を乱して、軽く片手でしごき始めずにはいられなかった。

「っは、……ン……ふ。ふ……っ」

小柳から何も指示されてはいないのに、どんどん矢坂の舌遣いは淫らさを増した。眼差しがとろりと溶け、頬が上気して呼吸が乱れる。こんなことを誰かにするのは初めてだったが、どうすれば感じさせることができるのかはよく知っていた。

硬く大きくなっていくペニスを唇と舌で圧迫しながら、リズミカルにしごき上げていく。さらに裏筋に舌をからめて、ねっとりと舐め上げた。自分で嬲っている矢坂のものも、小柳のものに負けないぐらい硬くなり、指を濡らすほどに蜜が滲《にじ》み出した。

矢坂がひざまずいているのは、玄関に近いキッチンの床だ。畳の部屋に行くまで待てず、こんなふうにしている淫らな姿を、小柳にずっと見られているのだと思っただけで、ペニスがよりジンと疼く。はだけたシャツの下で、乳首が痛いほど勃っていた。そちらも弄りたくて仕方がなかったが、小柳が見ているからさすがにそこまでは踏み切れない。

「っぐ」

射精に向けて昂ぶっていく自分の気持ちに合わせて、矢坂は顎をぐっと小柳の股間に押しつけた。今まではなかなか呑みこめずにいた喉の奥まで、頑張って呑みこんでみる。逞しい小柳のものが深みをえぐり、慌ててすぐに引き戻した。

だが、そこにたまらない疼きが残る。

「っん、ぐ」

それを確かめたくて、同じように喉の奥までくわえこんだ。

口がいっぱいにされ、呼吸もできなくなるような喉の深い位置まで、小柳の大きなものが突き刺さっていた。くわえているだけで精一杯だったが、どうにかぐっと口腔全体で締めつけてみると、それが脈打つ感覚が頭の中で響く。吐き気を刺激しないように、慎重にそれを抜き出していく。

一息してから、また同じ位置まで戻した。息苦しかったが、少しずつその深さに慣れていくにつれて、動きを速めていくことができる。

すでに頭には靄《もや》がかかり、自分がどれだけ淫らな顔をさらしているのかもわからなくなっていた。

「ふ……ァ、……ッン、……っふ……っ」

受け入れているのは口だというのに、矢坂が片手でしごいている性器にまでその熱が伝わる。

唇と小柳の性器との間からじゅぷじゅぷと濡れた音がわき、唾液がゆっくりと顎を伝った。

喉奥まで入れられるのは、苦しすぎて何回かに一度しかない。

「ふっ、……つッ、ぅ」

硬い灼熱の幹にしゃぶりつき、先端から滲む蜜をすする。舌をからめて口腔全体で締め上げる。

矢坂のものも腹筋にくっつきそうなほど硬く育ち、早くイきたくてたまらなかった。触れられないままの乳首が敏感に研ぎ澄まされ、触れられるのを望んでジンジン疼く。

どんなに頑張ってしゃぶっても終わりが見えない小柳に、矢坂はついに耐えかねてねだらずにはいられなかった。

「早く……イけ……よ……っ」

小柳が軽く笑って、矢坂の頭をつかみ直した。

「出したら、飲んでもらえるか？」

軽口のつもりだったのだろうが、余裕のない矢坂はうなずいた。

「飲…む。……だか……ら……ッ…」

肯定されるとは思っていなかったのか、その言葉に反応したように口の中で小柳のものがピクンと脈打った。矢坂の口の動きに合わせて、小柳が腰を使いだす。

喉の奥まで呑みこまされ、カリで粘膜を擦り上げるようにされて、ぐっと喉が鳴りそうになる。だが、吐き気とすれすれの甘い苦痛に、身体が溶け落ちそうだった。

顔を固定され、鋼鉄のように硬くなった小柳のものが口腔内を行き交う。自分の口を性器のように使われていることに淫らさを煽られ、この大きなものを体内に受け入れたことを思い出した。

小柳の動きは、矢坂を気遣いながらもどんどんエスカレートしていく。最後にはその激しさにまともに呼吸もできず、歯を立てずにいるのが精一杯だった。こちらのほうから刺激を送ろうとした努力は途中で放棄され、ただガクガクと頭を揺さぶられているだけとなっていた。

「イクよ」

小柳の声とともに深くまで突き立てられて、呼吸が一瞬止まった。

「……っン…っ」

それと同時に、舌の付け根よりもっと奥のほうに白濁を注がれる。

その衝撃に、矢坂のほうも己の欲望をほとばしらせた。手のひらで包みこんだ性器がドクドクと脈打ち、白濁で濡れていく。

味も何もわからないうちに、矢坂は喉に出された生温かいものを飲み下していた。そのねっとりとした感覚と熱さが、身体を灼いていく。

だが、それが口から抜き出されるときに残滓《ざんし》が舌の上に広がった。唇の端からも少量、あふれる。

矢坂は息を整えながら、手の甲で唇をぐいと拭った。手の汚れを拭うために、近くにあったティッシュの箱を、座ったまま引き寄せる。

だが、後始末もまともにできないでいるうちに、床に膝をついた小柳に両手をつかまれて、唇を塞がれていた。

――ちょっ……おま…！

自分のものの味がする唇でいいのかと思う。矢坂だったら嫌だったが、そんなことに小柳はこだわらないらしく、口づけは深くなっていく。

そのキスを受け止めていると、はだけたシャツの間から小柳の手が入りこんできた。

硬く凝っていた乳首を手のひらで撫でられるだけで、力が抜けるほどの心地よさが広がった。小柳の手に全てを任せてしまいそうだ。

「上手にできたお返しに、今度はたっぷりおまえを感じさせてやる」

その言葉とともに乳首に唇が吸いついてきた。魂が吸い取られるんじゃないかと思うほどの絶妙な強さで吸いたてられ、矢坂はまたペニスに血が集まってくるのを感じた。

「っん、……っふ、は、……っあ、あ……っ」

乳首を吸われながら、小柳のもう片方の手が矢坂の腰のラインを伝い落ち、尻まで伸びていく。膝立ちにされて、スーツのスラックスと下着をずるっと腿の途中まで押し下げられ、狭間を指先で広げられた。

「……っ」

その感覚にすくみ上がると、潤滑剤がそこに垂らされた。

小柳の唇は胸元に吸いついたままだから、その部分が見えているわけではなかったが、かなり正確な動きだった。

冷たさに小さく震えても、潤滑剤を押し広げるように指が蠢く。ぬるぬるになった指が、ためらいもなく後孔に突き立てられる。

その瞬間、矢坂は息を呑んだ。まだこの感覚には慣れない。指が根元まで、ぐっと突き立てられていくのをひたすら耐えることしかできない。

かすかな痛みとともに、馴染みのある圧迫感が中に蘇った。入れられた指はしばらく動かされず、小柳は矢坂の尖った乳首を唇で嬲ってくる。

乳首を刺激されると、快感が次から次へと身体の奥から沸き上がってくるようだった。かすかに腰を揺らすと、中にあった指が蠢き出す。

最初は小刻みな抜き差しでしかなかったが、指の動きはだんだんと大きなものへと変わっていく。襞が緩むのを待っていたように、完全に抜き出されては、またつぷっと入り口を割り開かれる。いちいち入れられる感覚に感じて、矢坂はより指を締めつけずにはいられなかった。

たっぷり焦らした末に、指が二本に増やされた。

「っう」

存在感を増した指に、やはり最初は慣れない。

だが、掻き混ぜるペースに合わせて、乳首をちゅっと吸われ、舌でその小さな粒を転がされていると、だんだん気持ちよさが勝っていく。反対側の突起も痒くてたまらなくなったころ、小柳の唇はそちら側に移動して、くにくにと粒を甘噛みした。そうしながら、中をぐるんと掻き回される。

「っん……っん……っ」

乳首を甘く噛んで引っ張られながら、中を弄られるのがたまらなく良かった。深くまで突きこまれる指の衝撃に、膝立ちの体勢でもつらいと思うほど身体から力が抜けてしまいそうになったとき、小柳が耳元で囁いた。

「入れてもいい？」

ここまでトロトロにされては、拒めない。

そんな身体にされたことを恥ずかしく思いながらも、矢坂は無言でうなずき、和室に移ろうと立ち上がった。

だが、その途中で小柳に腰を抱えこまれ、壁の方向にひっくり返される。

壁に腕を突っ張らされ、腰を背後から抱えこまれた。足の間に熱く滾《たぎ》った小柳のものを押しつけられ、そこから伝わってくる熱さと質感に、あらためて身体がすくみ上がりそうになる。

「入れるよ」

少し逃げた腰を、小柳の手で固定される。

「怖い？」

くすくすとからかうように囁きながら、小柳が矢坂の後孔に先端を擦りつけた。

そうされただけで、後孔の粘膜の深い部分までジンと快感が響く。それ以上焦らされたくなくて、矢坂は濡れた吐息でねだっていた。

「とっとと、入れ…ろよ……」

「だったら、お言葉に甘えて」

ぐっと、その先端に強い力がこめられる。

「っい……っ！」

灼熱の楔が、括約筋を内側から強い力で押し広げていく。

痛みがじわりと広がり、どうにかこの楔から逃れるために背筋が反り返りそうになる。だが、腰を強くつかんだ小柳の腕の力は緩まない。

力を抜こうとしてもうまくできずに焦りが広がり、体内に食いこんできたものを追い出そうと、不規則な痙攣が走った。

「痛いか？」

尋ねられて、矢坂は呼吸を乱しながらうなずくしかなかった。全身にガチガチに力が入っている。これでは、小柳のほうもつらいはずだ。何より小柳が大きすぎるのがいけない。

小柳は無理やり突っこもうとすることはなく、矢坂の腰から胸元に手を移動させ、すっぽりと背後から身体を抱きしめてきた。

「大丈夫だから」

その声と同時に、尖った乳首が小柳の大きな手のひらで擦られ、そこから慣れた快感がじわりと全身に広がる。色づいた部分を器用につままれ、引っ張られ、ぞくっとするたびに身体から力が抜けた。

両方の乳首を器用につままれてぴんぴん引っ張られていると、灼けつくような中の痛みと違和感が、甘い疼きへと変化していく。ペニスが襞で擦れるたびに、そこから快感が沸き起こる。

ひくり、と中が蠢いたのを感じ取ったのか、小柳が大きく動いた。

抜き差しを繰り返されるたびに、より奥へと穿たれていく。その慣れない感覚に身体が強張るたびに乳首を転がされて蕩《とろ》けさせられ、ついに最後まで入ったのがわかった。

根元まで貫かれた矢坂は違和感と圧迫感のあまり息を詰め、身じろぎもままならなくなる。隙間なく密着した襞から、呼吸するたびに小柳のものの逞しさや形が伝わってきた。

小柳は矢坂の中を慣らすために、まずはゆっくりと腰を動かす。

「っく……」

大きなものだけに、全身に響いた。

全ての感覚が、小柳に貫かれている一点に集中していく。

それでゆっくり円を描かれると、張り出したカリが襞をこそげ取るように刺激するのがたまらなかった。じわりと、矢坂のペニスまで充血していく。

「……いつも、……ひどく熱いな、……おまえの中は」

小柳が腰をまた回転させると、前立腺が刺激されてペニスが腹につくほど跳ね上がる。どうにか挿入を浅くしようと腰を引いたが、小柳はそこで感じるのを知ってか、わざとのようにカリを擦りつけてくる。また強くえぐられて、膝から力が抜けそうになった。

「う…、…ダメだ…っ、そこ……っ」

「ん？　ここ？」

「そこ……ッダメ…だって言ってる…だろ…っ」

拒もうとしたのに小刻みに前立腺を擦りたてられ、その部分から広がる淫らな刺激に息が詰まる。そのダイレクトな感覚を逃すすべはなく、矢坂はそれを締めつけながら昇りつめていた。

「ッ……っああ……っ！」

身体が大きく震え、ぶるっと痙攣しながら精液を吐き出す。力の抜けた矢坂の身体を背後から小柳が性器と腕で力強く支えていた。

「イった？」

息が乱れきってまともに返事もできない矢坂の腰をつかみ、小柳は床に膝をつかせる。そのまま腰だけを高くする獣《けもの》のような体位にされた。

「つぐ」

後ろから叩きこまれた途端、先ほどとは違う角度と深い挿入感に息が詰まる。達したばかりで感じやすくなっている粘膜を無造作に擦り上げられるだけで、快感が背筋を駆け抜けた。

達した後は先ほどよりもずっと感じやすくなっているらしく、痙攣の残る襞からゆっくりと引き抜かれ、また同じところまで戻されて甘い声が唇から漏れた。

「つぁ、……つあ、……つん、ん……っ」

小柳の動きは、次第に激しさを増していく。

叩きつけるような激しい律動に襞が灼けたようになり、強引に押し開かれる感覚が良くてたまらなかった。

「つん、……つん、……つあ、……それ……っ」

さらに繰り返されて、身体の奥まで突き抜けるような衝撃に意識が飛びそうになる。

痛みはあるのに快感のほうが強く、唇を食いしばることができずに唾液があふれた。床に突っ張った手の指先がぎゅうっと丸まり、どこに視線を据えたらいいのかもわからない。

動かされるたびに、淫らさを実感した。この体位が恥ずかしくてならない。

小柳に抱かれているというよりも、犯されていることをまざまざと思い知らせるような姿だった。こんな体位を許すほど小柳を自分は受け入れているのだと思うと、狂おしいような熱がこみあげてくる。

小柳は矢坂の腰をつかみ、さらに容赦なく腰を送りこんだ。

深く突き刺さるたびに、腹の底にまで衝撃が伝わる。前立腺をことさら刺激されなくても、中で動かされるだけで声にならない喘ぎが漏れ、抜かれるときには支えを失って腰が崩れそうになる。

――気持ち……いい……っ。

唇から唾液があふれ、視界がぼやける。全身から汗が滲み、体内を行き来する小柳のものに全ての感覚が収斂《しゅうれん》されていく。えぐられることしか考えられなくなっていく。

――あ、……また、イき……そう……っ！

あと数回、同じ刺激が続いていたら、おそらく達していただろう。だが、小柳は動きを止めて、矢坂の中からいきなり引き抜いた。

絶頂に駆け上がるための階段を外されて、矢坂は乱れた息を漏らす。向かい合うように身体を抱き寄せられ、矢坂は足を割られて小柳の腰をまたぐように座らされた。

「自分で入れてみろ」

あと少しで達しそうだった矢坂は、ジンジンと疼くそこにとどめのような刺激が欲しくてうらめしそうに小柳を見る。さすがにこのままでは収まらず、そそのかされ、硬く屹立《きつりつ》しているそれに位置を合わせて、自分の体内に導いた。

「っあ！　っ……ふ、……くッ」

ほんの短い間しか出してはいなかったのに、あらためて受け入れるそれは、すごく大きく感じられた。先端が突き刺さっていく感覚とともに、淫らな熱が矢坂を満たす。

「好きに動け」

言われて、矢坂は床に膝をつき、ゆっくりと腰を揺らした。

「ふ」

自分で動くとなると、驚くほど中の抵抗が強い。動くたびに掻きたてられる快感に硬直しそうになりつつ、どうにか腰を上げる。

先端を残したものをまた受け入れたときには、それが引き起こす感覚が強すぎて、腰が何度か浮き上がるほどだった。

だが、身体の中心を穿たれているだけで、どうにかなりそうな甘い痺れが沸き起こってくる。

「つぁ、……っく、あ、……」

途中、不意打ちで小柳に下から突き上げられ、思わぬ衝撃に息を呑んだ。邪魔するなとばかりににらみつけようとしたが、こんな状態では瞳に力が入らない。小柳の腕が腰から離れて尖っていた乳首をつまみ上げ、粒を指先で擦り合わすようにされると、全身が溶け落ちるような衝撃が襲いかかった。

「ン」

乳首を揉まれただけで、腰のあたりがもどかしいような疼きでいっぱいになる。それを解消するためにも、腰を上下させずにはいられない。小柳に見られていることが先ほどにも増して矢坂の頭を沸騰させ、同じ動きを繰り返しているつもりなのに、少しずつずれるのか、予測のできない快感に息が詰まった。

だが、さすがにこの動きをずっと続けることはできない。足や腰に力が入らなくなっていくのに襞だけは熱を帯び、より淫らな刺激を欲しがる。その欲望に駆られ、どうにか腰を振ろうとすると、小柳が力強く腰をつかんで言った。

「交代」

挿入されたまま抱き上げられて、和室までの数歩を運ばれ、脳天まで響いた振動が和室につくなり座布団を背中の下に敷かれて仰向けに転がされ、ぐっと入れ直される。

「ぁあ……！」

小柳のものはこれ以上ないほどに大きくなっていて、動かされるたびに目が眩むほどの快感がこみあげてきた。

小柳のもので貫かれるたびに、肉が擦れる振動が広がる。朦朧としていく中で、ただ昇りつめることだけを考えていたときだ。

「……アサト」

甘く、愛おしそうに名を呼ばれた気がした。

それを確かめようと視線を向けた瞬間、小柳のものが嫌というほど体内を掻き乱す。全ての枷が吹き飛び、達するしかなかった。

「っん、んんっ、……っぁ……っ！」

イクときの顔を、まともに小柳にさらしていた。

何度かに分けて射精するたびに身体に痙攣が走り、小柳のものを痛いぐらいに締め上げる。

「ッ……ぁあ！」

小柳のものが、さらに中で力強くふくれ上がって動いた。

「んぁ、あ、……っ…！」

奥の奥まで貫かれ、その深くで熱いものが弾けていく。

「……っ！」

ただ声もなく、頭が真っ白になる感覚に酔う。

力の抜けた身体を、あらためて小柳が抱きすくめた。全身に重みがかかり、その感覚がたまらなく胸に染みて、じんわりと涙が滲みそうになる。

互いにどうにか息が整ったころ、小柳が身体を起こして矢坂の中から性器を抜き出そうとした。だが、再び中に戻される不穏な気配に、矢坂は息を呑む。

「っな…」

「まずい。おまえが色っぽい顔をするから、勃った」

短くつぶやき、小柳がゆっくりとそれを揺らし始める。

濡れているからなのか、それとも力が抜けすぎているからなのか、柔らかになった中でどんどんそれが元の大きさを取り戻していく。

奇妙な気持ちよさに負けてその行為を許していると、収まったはずの淫らな感覚がまた沸き上がってきた。

そのことに狼狽したが、もはや後戻りはできない。

「おま……え……っ」

抗議の声を漏らしながらも、矢坂は快感に負けて喘ぐことしかできない。小柳が動くたびに、掻き出された精液が足の間を伝う。そのぬるぬるした感覚とともに、全身に快感が蓄積されていく。

——どんどん、気持ち良くなる。

小柳と経験を重ねるたびに、身体が彼に合わせて変わっていく喜びと不安があった。体位を変える余裕もなく、ただ打ちつけられている快感に酔いしれる。どこかで何かを間違えてしまったような思いもあったが、いっそ開き直ってこういう結末も悪くないと言える。

——いつの間にか捕まった。こいつに……。

喘ぎながら、矢坂は腕を小柳にからみつけた。

目の前がまた白く染まる。

何かにさらわれたように、矢坂は絶頂に昇りつめた。

〔十八〕

「小柳《こやなぎ》所長！　どちらに……？」

事務所から出かけようとした小柳は、鋭い声に引き留められて足を止めた。

『コヤナギ・シークレットサービス』は、西新宿《にししんじゅく》の雑居ビルの五階のワンフロアを占めている。工作員は所長である小柳を含めて五人だったが、今のは経理を兼任している榊原《さかきばら》の声だ。

「いや、ちょっと散歩に」

にっこりと笑みを浮かべながら、小柳は壁から下がっていたコートを手に取る。それを身にまとっていると、席を立った榊原が外廊下につながるドアの前に立ちふさがった。

「ここしばらくの動きが、不審すぎます。いつものようにご気分で仕事を選り好みするだけならともかく、正式に仕事を受けた節もないのに、頻繁《ひんぱん》に情報屋から電話が入ったことといい、所長が私に隠れて妙なことに関わっていらっしゃるのではないかと、気になってならないのですが」

「大したことじゃない。それに、もう終わったし」

榊原は曇りなく磨いた眼鏡をキラリと輝かせ、ドアの前で腕を組んだ。

「なるほど。もう終わったのですか。おそらくは、今、テレビで話題沸騰のホストクラブの事件にでも関わっていらっしゃったのだと思いますが、確かに一段落ついたようですね。所長がホストをしていらっしゃる姿を、一目見ておけなかったのが残念ですよ。手隙の社員で一度、そのホストクラブに客として押しかけようという話もあったのですが」

そこまで知られていたとは思ってなくて、小柳は少し眉を上げる。

依頼が来れば榊原が必ず見積もり書を作成する。だからこそ、依頼の全てを榊原は把握しているはずだ。小柳がこそこそ動いているのは業務外だと、簡単に見抜けたのはそのせいだ。

だけど、全ては終わったことだ。今回は優秀な部下の助けを借りられなかったから多少の苦労はあったが、済んでしまえばそれだけ充実感をもたらす。

小柳は柔らかな笑みを崩さず、そこを退《の》けと眼差しでやんわりと榊原を脅迫した。

「君たちが優秀だから、私は安心して仕事を任せられる」

「ですが、外出は許しません。これから、所長に仕事を頼みたいというお客様が」

「大丈夫。中山《なかやま》さんの仕事なら、断っておいたから」

一瞬、榊原の動きが止まった。その直後、眼鏡を光らせてにらみつけられる。

「断ったんですか？　がっぽり謝礼をもらえそうなあの仕事を……っ！」

「当然だ。うちは他社とは違って、倫理に背く依頼は引き受けないと決めてる。離婚の慰謝料を払いたくないばっかりに、妻に浮気させろという依頼など受けるわけにはいかない。君もそこのところは承知のはずだ」

「承知はしておりますが、所長のそういうところが、時々ひどく憎たらしくなりますよ。金になる依頼なら、選り好みせずに引き受ければいいものを」

「幸い、選り好みできるほどには依頼がある。この事務所を維持できるほどには」

あとはよろしく、と言い残して、榊原の横をすり抜けようとした。そのときに囁かれる。

「盗聴器の電池、ちゃんと新しくしておいてください」

「……ん？」

「所長が先日の私用で使用した四番のことですよ。経費で補充するわけにいきませんから。所長がプライベートで仕事をしたいときには、私にこっそり協力を持ちかけてください。給料とは別料金で、いつでもお手伝いいたしましょう」

探偵業は必要経費もかかるし、危険も伴う。

だからこそ、プライベートで依頼を受けるわけにはいかない。所長である小柳ならなおさらだ、だからこそ、矢坂《やさか》の件は秘密にしていたのに、優秀な社員に隠し事はできない。

開き直ることにして、小柳は榊原を見据えた。

「それはそれは。世にも素敵な申し出だな、榊原くん。うちの給料では足りないという意味にも取れるが」

「金はあればあるほどいいものですよ。そういう意味ではこちらは歩合《ぶあい》制ですから、働きがいがあります」

綺麗な顔でにっこり笑ってドアの前から離れていく榊原とすれ違って、小柳はビルの外に出た。

これから、矢坂とデートだ。

口説けば靡く女ばかり見てきた小柳にとって、矢坂との付き合いは何かと新鮮だった。男と付き合うということにまだ抵抗があるのか、やたらと照れるし、恥ずかしさが過ぎると無愛想になってツンツンする。そんな矢坂がひたすら可愛くてならなかった。

何より、自分の可愛さに自覚がないのが楽しい。

今日もまた、どんな反応を見せてくれるかと思うと、小柳は楽しくなってクスクスと笑った。

＊

矢坂は正式に借金から解放され、社員を募集していた不動産会社に就職して、営業として働き始めるようになっていた。

髪の色を黒く戻し、かっちりとしたスーツに身を固めると、カタギに戻れたようで嬉しい。歌舞伎町の水に馴染んだつもりでいたが、自分はやはりこういう職のほうが合うのかもしれない。さらに勉強を重ねて、今は仕事に必要な資格を取っている最中だった。

待ち合わせの場所に先に来ていた小柳の長身は、遠くからもすぐにわかった。

ただ立っているだけで人目を惹くから、この美男と待ち合わせている相手は誰だろうと、周囲から何気に視線を浴びている。

俺で悪かったな、と思いながら、矢坂はたたずむ美男に近づいた。途端に小柳がにっこりと微笑んだ。

「仕事はうまくいってるか?」

尋ねられて、矢坂は自信たっぷりにうなずいた。

「今日は未亡人たぶらかして、中古のマンションを成約させた」

仕事は甘くはなさそうだが、実際に成果を上げられるとじんわりと嬉しい。

たぶらかしたとは表現したが、普通に彼女の条件にあったマンションを可能な限り探し回り、そこを片っ端から案内していったのだ。途中ですごく気にいるマンションがあったらしく、成約となった。

今は仕事が楽しくて、仕方がない。

客を案内し、地元の不動産とも顔をつなぎ、ひたすら勉強している最中だ。小さな会社だったが、今の社長は良心的な仕事をしていて、信頼できた。

「へえ？　初成約、おめでとうというところだな」

小柳は感心したように矢坂の顔をのぞきこみ、甘く微笑む。それから、タクシー乗り場に向かって歩き出した。

「だったら、今日はそのお祝いといこうか」

「焼き肉がいい」

オーナーからは解放されたが、まだまともに稼いでいないうえに、小柳に月々の支払いもあったから、生活はかつかつだ。まだあの安アパートからも引っ越しできていない。しばらく肉を食べていなかったことに気づいて、ここぞとばかりに要求を突きつけると、小柳は楽しげに笑った。

「ああ。好きなだけ肉を食え」

「食べ放題でいいからな。――あんた、やたらと俺に甘いよ。職場では、それなりに厳しい所長だって聞いたけど本当か？」

　この間、小柳と『コヤナギ・シークレットサービス』で待ち合わせることがあったとき、お茶を出してくれた社員がそんなことを言っていた。

　さすがは別れさせ屋だけあって、目にする社員は誰もがやたらと見目麗《みめうるわ》しい。

　自分にはずっとふざけた態度ばかりだったから、あんなんで所長が務まるのかと疑問に思って社員にストレートに尋ねてみたら、あれでいてかなり有能だと返された。

　――確かに、小柳が有能なのは俺が知ってるけど。

　オーナーの件では、驚くほどの情報収集能力を見せた。あの有能さにも、自分は惚れたのかもしれない。

　小柳は並んで歩きながら、軽く肩をすくめた。

「誰かさんは自立していて、俺には全然甘えてくれないからな。まずはしっかり懐かせて、俺がいなければどうにもならないようにさせるのが肝心かと」

「……え？」

　矢坂は眉を上げる。

　何か聞き捨てならないことを耳にしたような気がするが、何だかくすぐったくてどう言い返していいのかわからない。

だけど、タクシーに乗りこむときに、コートに両手を突っこんだまま、無愛想に言ってやった。

「俺のが、おまえを懐かせたいよ」

「俺は懐いてるだろうが」

「ああ。部屋に戻ったら、勝手に布団で寝てたぐらいだし」

「今度、逆におまえがそれをするくらい、懐いてくれたら嬉しい」

先にタクシーの後部座席に並んで座ると、小柳の手が矢坂のコートのポケットに押しこまれる。その手に小さな金属が握られていた。それが合鍵だとわかった瞬間、鼓動が大きく高鳴った。

運転手に行き先を指示した小柳に、そっと尋ねてみる。

「これ」

「お守り代わりに持ってろ」

矢坂は少し考えてから、お返しとして小柳のポケットに自分のアパートの鍵を押しこんだ。

「ん?」

「俺からもお守り。たまには、俺のせんべい布団を温めておいてもいいぜ」

平然と言い捨てようとしたが、じわりと頬が桜色に染まる。
何だか照れくさくて、矢坂は思わず空咳を漏らさずにはいられなかった。
オーナーのところで働いて空っぽになっていた胸に、温もりが宿っていく。
今度は本気で外出中の小柳のベッドで寝てやったら、どんな顔をするんだろう。
そんな悪戯を考えただけで何だか楽しくて、矢坂は一人でクスクスと笑った。

あとがき

このたびは、『傷痕に愛の弾丸』を手にとっていただいてありがとうございました。

男っぽいホスト受です。なかなか攻に甘えることのできないツンな感じのキャラを書いてみたかったのです。攻はそんなホストをからかいながら、だんだん深入りしていく感じで。なんかこう、なかなか相手が懐かないと、意地になって懐かせたくなるよね！　でもって、ちょっと笑ってくれただけで嬉しかったりするよね！　達成感と特別感があって。

そんなことを考えながら、高座さんの書かれるイラストを脳裡に浮かべてみると、とってもうっとりでした……。

酒の上のナニから始まります。どうでもいい余談ですが、私は最近、一～二合ぐらいしかお酒が飲めなくなりました。若い頃は給料の大半を酒に消費してたんですが、今は飲むたびに二日酔いがつらくってさー……。

翌朝の頭痛と吐き気でいちいちお仕置きされるもんだから、さすがに懲りるというか、「もう、もうもうあんたなんて、そんな好きじゃないんだからね……！」と逆ギレしてのツンデレプレイ。ですが、今度二週間ほどワインやビールが美味しい東欧に旅行するので、さんざん味わいたい。きっと誘惑に負けてふらふら飲むと思うので、ウコン錠剤持っていこう。なんか、劇的に効くのないかしら。

ちなみに一番酒を飲んでたころは、趣味の献血まで出来なくなるほどでした。検査で肝機能数値が悪すぎて、血を使ってもらえなくなったの。「あなたの血は使えません」って、当時は通知が来たのです。最近は、その場で血を調べてくれるところが大半ですが。

ともあれお酒は美味しいし、ほろ酔い気分になっていろいろ話をするのは楽しいので、ぼちぼち付き合っていければと思います。

この話に素敵なイラストをつけてくださった高座朗さま。いつでもイメージ通りの素敵なキャラクターをありがとうございます。攻もなんだか、不敵な感じでうっとりでした。いろいろ助言、ご指導してくださった担当のK様、ありがとうございました。今後ともどうぞよろしくお願いします。

何よりこれを読んでくださった方に、心からの感謝を。ご意見、ご感想などお気軽にお寄せください。ありがとうございました。

バーバラ片桐

営業メール
休日なんだかんだで
一緒にいる二人。

とっても素敵なお話で大変楽しく読ませて頂きました

バーバラ先生、担当様、ご迷惑お掛けしてすみませんでした！

2010. 高座朗

KAIOHSHA ガッシュ文庫

傷痕に愛の弾丸
（書き下ろし）

傷痕に愛の弾丸
2010年10月10日初版第一刷発行

著　者■バーバラ片桐
発行人■角谷　治
発行所■株式会社 海王社
〒102-8405
東京都千代田区一番町29-6
TEL.03(3222)5119(編集部)
TEL.03(3222)3744(出版営業部)
www.kaiohsha.com
印　刷■図書印刷株式会社
ISBN978-4-7964-0055-8

バーバラ片桐先生・高座朗先生へのご感想・ファンレターは
〒102-8405 東京都千代田区一番町29-6
(株)海王社 ガッシュ文庫編集部気付でお送り下さい。

卒業式 〜祝辞〜

水壬楓子

イラスト／高久尚子

養護教員を務める秦野雅臣は、高校時代の親友・竹政一哉から卒業式に受けた告白を忘れられない。応えられずに酷い言葉を投げた――それから9年。卒業式を迎えた学院に、政治家秘書になった一哉が祝辞代行で訪れ、今も想っていると告げてきたのだ。秦野も一哉が好きだったが素直にその腕に飛びこめない理由があって…？

泣かせて、おしえて

義月粧子

イラスト／梨とりこ

うぶで涙もろい服飾系専門学校生の阪下青砥は、校外研修先で有名ブランドに勤めるエリート・久住に出会う。一目で久住に惹かれた青砥だが、久住には遠距離恋愛中の恋人がいた。最初から叶わない想いだった、と諦めたのもつかの間、なりゆきから久住とセフレとして付き合える事になって…？

キス&クライから愛をこめて SIDE:KISS

小塚佳哉

イラスト／須賀邦彦

かつて天才少年と呼ばれたフィギュアスケーターの隼。オリンピック最終選考会に敗れ失意の中、ひとりの男と出会う。ダブルのスーツが似合う見惚れるほど精悍な顔だちの男は、隼のファンだと言い愛情のこもった眼差しで隼を見つめていた。極道にしか見えない彼・天城のことが心から離れず……？

STEAL YOUR LOVE -慾-

妃川螢

イラスト/小路龍流

高校の同級生・不動と人気俳優の柊士は恋人同士。ホストだった不動が、代議士秘書に華麗なる転身を遂げて、以前より会う時間はずっと減った。だが違う世界で切磋琢磨する姿は刺激となり、仕事も恋も順調と思った矢先、スキャンダルが持ち上がる。芸能界と政界で如月と不動は、慾に塗れた現実を知る。…この恋、破綻寸前!?

秘書のイジワルなお仕置き♥

森本あき

イラスト/樹 要

新米弁護士の昌弥は、憧れていた有能な秘書の岩根が自分につくと知って仰天。だけど、彼に事務所の看板弁護士・植木のことが好きだと誤解されてしまう。淡々とした口調で変なモノを飲まされた昌弥は何度もイカされてしまう。意地悪なコトされてるのに体は熱くなって…?　書き下ろし番外編を収録した完全版!

くちづけで世界は変わる

神楽日夏

イラスト/みなみ遥

運命の相手との交わりで発情期を迎え、性別が決まる一族・ルルフォイ。発情期に美貌に変容する彼らは、貴族の男性に望まれて女性になるのが常。そんな一族の中で、リュリは出生時から男性体。変容が叶わない自分は伴侶と巡り会えないだろうけれど、友がいるから…。そう心を慰めていたリュリだったが…!?